中国散文60强

客有可人

宗　璞 / 著

北京联合出版公司
Beijing United Publishing Co.,Ltd.

图书在版编目（CIP）数据

客有可人 / 宗璞著. -- 北京 ： 北京联合出版公司，
2024. 8. --（中国散文60强）. -- ISBN 978-7-5596
-7817-1

Ⅰ. I267

中国国家版本馆CIP数据核字第2024V03Y70号

客有可人

作　　者： 宗　璞
出 品 人： 赵红仕
出版监制： 张晓冬
责任编辑： 龚　将
特约编辑： 和庚方　张　颖
封面设计： 立丰天

北京联合出版公司出版
（北京市西城区德外大街83号楼9层　100088）
三河市同力彩印有限公司印刷　　新华书店经销
字数150千字　650毫米×920毫米　1/16　14印张
2024年8月第1版　2024年8月第1次印刷
ISBN 978-7-5596-7817-1
定价：65.00元

中华散文的文脉与发展

——“中国散文60强”总序

邱华栋

中国是诗的国度，亦是散文的国度。

穿越千年时空，从明清至唐宋，再由魏晋南北朝至两汉先秦一路回溯，汉语言文学中的散文实乃根深叶茂，硕果累累。无论是“唐宋八大家”之雄文美文，还是骈俪多姿的辞赋，以及名垂史册的《史记》《左传》，均为中国文学史上的璀璨明珠。“散文”与“诗”一道，成为中国文学的“嫡系”。尽管，后来从西方引进嫁接技术所催生的“小说”，大有“喧宾夺主”之势，终究还得“认祖归宗”，血脉和基因是无法改变的。

在中国散文流变历程中，曾出现过两次鼎盛期。一次是被文学史家所公认的“先秦散文”时期。其时，伴随着春秋时期的思想解放，诸子蜂起，百家争鸣，一大批散文家以饱满的气血、驳杂的学识和破茧的精神，创造出了散文的繁荣和辉煌局面，对后世产生了极大的影响。

到了“五四”时期，中国散文迎来了第二次鼎盛期。白话文如劲风激浪，吹刮和涤荡着神州大地。沉睡的雄狮醒来了，偃卧的小草开始歌唱。许多学贯中西的进步文人，肩扛文化变革的大纛，冲锋陷阵，掀起了一波又一波的新文学浪潮。《新青年》上刊载的散文，犹如一束束亮光，不但给人以希望，还给人以力量。“五四”以来的散文作品，无论是观念和主题，还是形式和风格，都跟以往的散文迥然不同。最具代表性的，当属鲁迅先生的散文（包括杂文），其刚健、凌厉的文质，疗救了中国散文长久以来颓靡不振、钙质疏流的顽疾。此外，周作人、郁达夫、朱自清、萧红、沈从文等一大批作家的散文创作亦各具特色，呈一时之盛，影响深远。

时代的前行催生了文学的发展，然而文学与时代有时并不同步甚至充满了“张力场”。“五四”的个性解放虽然催生了一批个性鲜明的散文精品，但这样的生态并未持续多久，中国散文的波峰出现了向低谷滑行的趋势。有论者指出，“散文在 50 年代既是对解放区散文文体意识的放大，又是对五四散文文体精神的进一步偏离。这种放大和偏离表现在个体性情的抒发让位于时代共性或者时代精神的谱写，政治标准优先于艺术标准，批判性为歌颂性所取代等诸方面。”（董健、丁帆、王彬彬《中国当代文学史新稿》）1960 年代初，散文创作一度出现了活跃，“专业”从事散文创作的作家群凸显出来，刘白羽、杨朔、秦牧相继登场，迅速成为散文界的三位名家。但他们的作品后人评价褒贬不一，认为其中颂歌式的写法较为单向，这种模式化的写作，不但对散文的建设毫无益处，反而扼杀了散文的个性和神采。

“文革”十年，中国散文更是一片凋零和荒芜，乏善可陈。1970 年代末，一些历经浩劫的作家开始复血，解除思想枷锁，重新拿起笔来写作，中国散文才又凤凰涅槃，焕发生机。加之各种文学刊物纷纷复刊和创刊，以及大量西方文化读物的译介出版，更为这些饥渴、桎梏太久的散文作者提供了登台亮相的舞台和瞭望世界的窗口。

1980 年代初期，伴随改革开放的热潮，思想解放大旗招展，文化随之繁荣，诸多承续“五四”精神的作家以笔为旗，抒发胸中压抑既久之块垒，出现了一批抒情性质浓郁的散文，使得现代散文这块“百花园”芳菲争艳，蔚为大观。特别是 1980 年代中期，随着作家主体意识的不断强化，中国文学开始呈现出一个崭新局面，作家从“集体意识”中抽身而出，重新返回“个体”，注重对生活的体察和内在情感的表达。这一时期，散文的艺术性得以强化，文本的精神内涵和表现空间得以拓展。

进入 1990 年代，社会发展日新月异，城镇化进程锐不可当，文化领域亦呈多元格局。各种文学思潮相互碰撞，人文精神的讨论更是打开了作家们的创作思路。“大散文”概念的提出，引发了散文界对散文的内涵和外延的重新讨论和界定。风靡一时的“文化散文”热，成为文坛上一道靓丽的风景。“新散文”“原散文”“后散文”“在场散文”等散文流派“你方唱罢我登场”，争奇斗艳，各领风骚。

及至二十世纪末，一批深具先锋意识和文体自觉的新锐作家，像一头公牛闯入瓷器店，使散文天地发生了激烈的碰撞和变化，形成一股新的散文潮流，提升了散文的审美品质和精神向度。

纵观 1978 年至 2023 年四十多年来，中华大地在“改开”的黄金时代中，社会生活奔涌激荡，各种思潮风起云涌，散文创作更是云蒸霞蔚、气象万千，涌现了众多成就斐然、风格各异的散文作家和具有思想深度、艺术上乘的散文作品。岁月的流水冲走了枯枝败叶和闲花野草，中流砥柱却巍然屹立。时间留住了新时代的散文经典，经典在时间的长河中绽放光芒。以沙里淘金的经典散文向“改开”的时代致敬，是我们不可推卸的责任和义务。

别看散文的门槛貌似很低，要真正写好，却实属不易。优质散文是有难度的写作，它不但需要作者的智识、胸襟、眼界、修养和气度格局；更需要写作者的态度、立场、慈悲、良知和批判勇气。遗憾的是，散文创作繁荣和光鲜的另一面，却是大量平庸甚至低劣之作的泛滥，不但败坏了读者的胃口，而且造成了物质和精神的极大浪费。散文作家层出不穷，散文作品汗牛充栋，可真正能让人记住的散文佳构却凤毛麟角。

散文要发展，文学要前行。发展和前行就要从平庸的樊篱中突围。在突围的过程中，散文作家不可太“聪明”，不可太世故，要永存对文学的敬畏之心。一言以蔽之，散文的尊严来自散文作家的尊严。也可以说，要想散文繁荣，首先需要有一批人格健全，品德高尚，铁肩担道义的散文作家。什么样的人写什么样的文章。特别是写散文，最容易看出一个作家的内在品质和境界涵养。一个人格不健全的人，哪怕他作文的技法再高妙，也很难写出撼人心魄、抚慰灵魂的散文来。作家精神品质的高低，直接决定其作品的精神向度。

为了散文写作的突围和发展，为了建设独具特质的当代散文，也是为了更好地从经典散文中汲取营养，我认为有必要正视和重申一些常识性的思考。高头讲章的理论是灰色的，常识之树却葳蕤常青。

一、作家的个体精神决定散文的优劣。常言道，散文易学而难攻。难在什么地方，不是难在技巧，而是难在作家个体精神的淬炼上。倘若作家的个体精神不够丰富，不够深刻，不够清澈，纵使他手里握着一支生花妙笔，也写不出令人称赞的散文。那么，如何才能做到个体精神的丰富性呢，这就要求作家时时刻刻不背离生活，要知人情冷暖，体察人间百态，关心民瘼，有忧患意识，不要做生存的旁观者。一个冷漠甚至冷酷的人，是不适合从事散文创作的。

二、真诚是确保散文品质的基石。散文创作跟作家的生存经验息息相关，可以说，真正优质的散文，无不牵连着作家的血肉和心性。作家的喜怒哀乐，悲欢离合，都或隐或显地暗含在他的作品中。假如在一篇散文作品中，读者既看不到作者的体温，又看不到作者的态度，那这篇作品或许就是失败的。说明这个作者在他的作品中“说谎”或“造假”，缺乏真诚之心。作家一旦失去真诚，为文必定矫揉造作，作品也必定会失去生命力。因此，真诚是散文的“生命线”，也是“底线”。

三、个性是促进散文生长的养料。人无个性便无趣，文无个性便平质。当下，每年都会诞生数以万计的散文篇章，但能够让人记住，且读后还想读的作品并不多，何故？概在于这些数量庞大的散文，无论题材，还是语感都千篇一律，像是从“模具”中生产出来的，缺乏辨识度。散文要发展，必须要求作家具有“个性意识”。“个性意识”不是标新立异，更不是哗众取宠，而是一种“创新意识”和“审美意识”。但凡在散文创作方面被公认的那些大家，都是“文体家”，他们以自觉的写作实践，开创了散文写作的新路径。不合流俗方能独步致远，推动散文的建设和繁荣。

当然，以上几点并非创作散文的圭臬，谁也没有资格去为散文“立法”。

散文是自由的创造，散文精神即自由精神。我之所以提出来，仅仅是希望引起散文同行们的重视和参考，共同为中国当代散文的发展尽力增光。

我们策划、编选“中国散文60强”（1978—2023）的初衷，旨在对新时期以来的中国散文创作作出梳理、评价和选择，试图精选出风格各异的代表性散文作家，以每位一部单行本的形式，呈现出中国新时期优质散文的大体样貌。此项目的发起人为资深出版人张明先生。多年来，他一直追求做高品位的纯文学书籍，也曾连续多年与中国散文学会、中国小说学会合作，出版年度《中国散文排行榜》和年度《中国小说排行榜》。2023年他策划出版了《中国小说100强》，反响不俗。身处喧嚣、纷杂的环境，能以如此情怀和心力来为文学做如此浩大的工程，不能不令人钦佩！

感谢张明先生邀请我和叶梅、冯秋子、陆春祥、吴佳骏、张英、文欢组成编委会，共同遴选出60位作家。我们在召开筹备会的时候，即将作品的思想性、艺术性、代表性以及影响力作为编选的基本原则。在确定入选作家名单时，我们认真商讨，反复研究，生怕因为各自的眼力、审美和趣味之别，造成遗珠之憾。好在我们的工作得到了作家们的积极回应和鼎力支持，惠风和畅，大地丰饶。

60位入选的作家，既有令人尊敬的文学大家，如孙犁、张中行、汪曾祺、史铁生、邵燕祥、流沙河、刘烨园、宗璞、贾平凹、韩少功、张炜、梁晓声、阿来、冯骥才等。这批散文大家的作品，文风质朴、清朗、刚健，充满了“智性”和“诗性”。无论他们是写怀人之作，还是针砭时弊，歌咏风物，都有着鲜明的文化立场和审美取向。他们或出入历史，借古观今；或提炼人生，洞明世事，输送给读者的都是难能可贵的“精神营养”。

也有被散文界公认的名家，如李敬泽、王充闾、马丽华、周涛、冯秋子、叶梅、筱敏、张锐锋、周晓枫、于坚、鲍尔吉·原野等。这些作家的散文作品，特色鲜明，风格独特，诚挚内敛，从内容到形式，都作出了各自的探索和尝试，为当代散文注入了活力。从他们的作品中，我们不但能够领略汉语之美，更可以借此反观生活与存在，寻找人之为人的价值和尊严。

还有散文界的中坚力量和青年才俊，如彭程、谢宗玉、江子、雷平阳、任林举、塞壬、沈念、傅菲、吴佳骏、周华诚等。从他们的作品中，我们见到的，不只是中国散文的文脉传承，更是自由精神的张扬。他们文心雅正，笔力锋锐，不跟风，不盲从，始终保持着独立的思索和判断，在各自所开辟的散文园地中精耕细作，以崭新的姿态参与和推动当代散文的变革。

其实，细心的读者不难发现，入选本丛书的老、中、青三代作家都有个共性，即他们均在以自己的作品审视心灵，心系苍生，弘扬真善美，鞭挞假恶丑，充满了正义感和人道主义精神。这自然与时下众多书写风花雪月，一己悲欢，充塞小情趣、小可爱的散文区别开来。正是因为有他们的存在，中国当代散文才呈现出一幅绚丽多姿的长卷。

需要说明的是，有些重要的散文家，如张承志、余秋雨、王小波、苇岸、刘亮程、李娟等人，由于版权或其他不可抗原因，未能将他们的作品收录进来，我们深以为憾。

我们还要感谢北京立丰天文化传播有限公司的资金支持，感谢北京联合出版公司的精心编校，他们慷慨和无私的义举，对于繁荣中国当代散文创作、对于赓续中华优秀散文文脉、对于中国新时期的文化积累，均具重大价值和意义，可谓善莫大焉。这套丛书的出版意义将同《中国小说 100 强》一样，旨在给读者以经典的指引，这既是一项重要的原创文学工程，同时也是助力推动全民阅读和研究传播文化的公益工程。

郁郁乎文哉，中国散文有幸！

是为序。

2024 年 5 月 12 日星期日

（作者为全国政协常委，中国作协副主席、书记处书记）

目 录

Contents

绿衣人

近来翻译了一篇小说《信》，其中有一个自私的母亲教育孩子说，你到了一定年龄就不要再拆信，信里都是别人的痛苦，不要让别人的事伤你自己的心。译时觉得纸上一股冷气逼人，暗自庆幸我对信的感受完全相反。

我喜欢信，喜欢读信，书信越过高山，使分隔两地的离人能互诉衷曲，从互相关心中得到滋养。古时把生离死别并列，自从有了邮政，虽生离而能有音信，比起去到那永不会有任何消息回来的天国，自然大不一样。

每个人一生会收到许多信，我也一样。我曾为别人的欢喜而欢喜，为别人的悲哀而悲哀。也曾写过许多信，希望别人为我的欢喜而欢喜，为我的悲哀而悲哀。为了信，我曾盼望，也曾等待。哪怕得到的是难题，是痛苦，我却因世界上不只有我一个自己，而觉得更充实更温暖。

得信的最后一个环节，是送信人了。他们身着绿衣，骑车在一栋栋房屋前停下来，投递着人们期望或不期望的消息。这一带春来樱花如雪，夏日榴花似火，秋时蔷薇类的黄花开得满院皆金，冬天的雪花飘飘扬扬，覆盖了一切。绿衣人总是准时地走过花的曲径或雪的小路，把一封封信送到门前。

今年雪下得早，雪使世界变得纯洁了，柔软了，像一篇正在写的童话，像一个尚未飘逝的梦。在静静地飘落着的雪花中，我看见一点绿色，被地上的雪光照着，移过来，移过来——

这是小展。奇怪的是，以前我们都不曾知道绿衣人的姓，而现在人人知道她是小展。她不只送来邮件，还带来欠资信，免得我到邮局去取；有朋友的汇款要转到别处，她说代办了罢，不麻烦；邻居在路上遇到她，她会告诉今天有他的信；年底收款，头一天每份报纸都打上醒目的红字：明日收报费。

也许小展有时不能给人带来人们所期望的消息，但是小展本身，便展示着希望了。她不只骑车又下车，拿出信报放进信箱，她是用了心，一颗充满了希望的心、充满了关切的心、总是想给别人方便的心。医生们说，两个同样的病人，一个受到应有的治疗，一个除了治疗，还有亲人的关心，后者得生的希望要大得多。我们曾伤过元气，我们多么需要千千万万这样宝贵的心，来补养，来恢复，来建设新的一切。

雪地上那一点移过来的绿色，常在眼前拂拭不去。忽然想起，不只送信人身着绿衣，整个邮政系统用的俱是绿色，这也许有什么史话罢。我无考据癖，只从常理来想，绿色正是春天的颜色，生命的颜色。人们希望书信能带来春天，带来生命，带来希望。虽然有的信会传来噩耗，但是身着绿衣的人却承担着带来希望的使命。

春天的希望，生命的希望——绿色的希望，不是每一个新年都应该带给我们的么？

1981 年底

原载《人民日报》1982 年 1 月 7 日

不要忘记

火车在细雨迷蒙中到达墨尔本。邻座的建筑师帮我拿下箱子，找来手车，然后郑重告别。不一会儿，来接的伊丽斯女士找到了我，驱车直到沃蒙学院，我在那里下榻。沿路树木红黄相间，不知是否枫栌之属，只觉满眼秋色。不禁念及燕南园中，此时应是春光明媚、丁香如雪了罢？沃蒙学院的主楼建筑是维多利亚时代的哥特式，尖塔高耸，厚重的方形石柱上，缠绕着大概是爬墙虎一类的植物，叶子也已鲜红了。主楼四周是松墙，草坪，各种树木，还有些别的较古雅的楼舍。校园里的气氛从容而宁静。

按照计划，这个上午我该休息。因为空中小姐罢工，我原定从阿德莱德飞墨尔本，临时改乘了火车，似乎是有些累。不知是谁提起，这一天是“澳大利亚和新西兰日”。在这一天，参加过第一次、第二次世界大战的老军人全都上街游行，以纪念为国牺牲的战友，纪念太平日子的得来不易。我们便赶快乘电车前往。电车有轨道，给墨尔本城增添了几分古色古香。

很快便看见了游行队伍。一队队海、陆、空三军军人，各着军服，精神抖擞，战旗飘扬，鼓乐前导。有人虽已过了花甲、古稀之年，但步伐整齐有力，一点儿不显龙钟。伊丽斯说，参加过第一次世界大战的不知还有没有；参加过第二次世界大战的，也一年比一年少了。这时，走过来穿着苏格兰裙的队伍，前面有三匹高头大马，马上是三位英俊少年，也许是哪家老军人的子弟。他们似乎在说：年光流逝，老人总要离去；而这“澳大利亚和新西兰日”的游行，却是会继续下去的。

细雨仍在轻轻飘洒，但谁也不介意。我们跟着游行队伍，走走停停，来到一处高大的圆顶建筑物前，原来那是战争纪念馆。队伍在这里转过去，解散了，后面还不断地走来。因为游行，纪念馆闭馆。我不知道还有没有机会再来，有些怅然。

离开墨尔本的前一天，一位澳洲中国明史专家费克光先生陪我到植物园参观。这植物园真美！我们在黛色参天的各种树木间穿来穿去。忽见一泓澄净的湖水。湖畔绿草如茵，黑天鹅浮在水面，不时把红喙伸入水中。岸边宽阔的石阶上，有一群群白色的海鸥，有的飞起，有的向我们蹒跚走来。我觉得，澳大利亚中部艾尔斯岩石一带的原野如同“茅台”，色彩强烈浓重，使人酩酊；而这里，这植物园的景色，如同“竹叶青”，明丽而又有韵味，使人微醺。当然，对澳大利亚景物，对中国的酒，我都是外行；外行人的外行话，也许倒有真意。

但当我们来到战争纪念馆，站在那高大的圆顶下时，我觉得自己一点也不外行，我感到了应该纪念的一切。厅中有澳大利亚国旗和军旗，有澳洲男女军人的塑像，还有牺牲的人名单，很长很长的名单。当我们慢慢在馆中走动时，一队队中小学生进来瞻仰，从他们鲜嫩的脸蛋旁望过去，我看见在墙壁上，不止一处镌刻着这样的话：“不要忘记他们失去了青春的生命，以使我们生活得更好。”

“不要忘记”——我想起前几天的游行队伍，不也是“不要忘记”

么？在阿德莱德的战争纪念碑下，常有人放置新鲜的花圈，不也是“不要忘记”么？在爱丽斯泉，我们最先去瞻仰的，也是纪念碑。它在一座小山顶上，那里可以俯瞰全城。纪念碑本身简单朴素，上面没有名字，没有复杂的话语，只有这样几个字：“不要忘记”。

就是在眺望世界最大独石——艾尔斯岩石的沙丘上，也伫立着一块约有一人高的长石，上面也刻着“不要忘记”。

“不要忘记”。又怎能忘记呢？如果没有人向恶势力斗争，怎得创造、保存美好的一切？据说二次大战中，澳洲青年在东南亚一带牺牲了四分之三。在我们的八年抗日战争、三年解放战争，以及“十年浩劫”中，中华优秀儿女的骨殖为大地增添的分量，又是多少呢？

很快辞别了墨尔本，到达堪培拉。堪培拉的秋色也极浓，照计划栽培的树木一层黄，一层红，一层棕，一层绿，极为绚丽。城中有湖，湖上有桥。夜晚，桥上灯火通明，为夜色做了恰当的点缀。湖上有喷泉，白天定时喷水，水喷得高高的，在明亮的阳光下，闪耀着各种颜色。离湖边不远，有澳洲国立图书馆，有议会大厦，有新建的高级法院，还有正在建造的艺术馆。再过去，就是战争纪念馆了。那是我一定要去的。

论建筑，并不新奇。进门处有一个长形的水池，池水清可见底，池底疏朗地散落着银币，是表示纪念与尊敬的。内部有好几个厅、室，也有很长很长的牺牲军人的名单，哪一团哪一连都写得很清楚。也有三军战士和妇女后勤人员的塑像，都有真人大小，他们都是那样俊秀、年轻！地上摆着几门大炮，都是战争中的实物。因为时间仓促，我匆匆走了一遍。和我同去的几位澳洲国立大学的教师、同学，没有来得及讲解什么，我也没有看见哪儿写着铭文或别的话。当我走出大门，站在高高的石阶上时，我忽然感到一种强烈的感情的撞击，我几乎大声叫出来：“不要忘记！”

难道谁能忘记么？我仿佛回到了自己的祖国，站在人民英雄纪念碑前，仰头看那湛蓝的天，一幕幕图景闪了过去——八年抗战时，那边远的山村，夜晚一灯如豆，窗纸上染着油烟的印迹；在飘扬的大雪中赶去看解放军的兴奋心情，那毛茸茸的帽子下年轻的红红的脸，显得那样天真；那老同志描述的战争的情景："人的身体把战壕都垫平了，还是得在上面走"；还有那十年的巨大灾难，那使人不成为人的巨大灾难；张志新、遇罗克临刑前那深沉的痛苦……哪一点应该从心上消失，能够从心上消失呢？痛苦的记忆会使人逃脱浅薄，会使人理解社会、人生，会使人奋力消除今天的痛苦。千万不要忘记死去的人啊！正是因为他们死去，我们才能活着……

在堪培拉战争纪念馆石阶上的片刻，我经历了人类向恶势力斗争的许多年。我知道，这历程远未结束。联邦政府的身着制服的司机朋友走来了，他是个胖胖的快活的中年人，有三个得意女儿。这时，已是夕阳西下，远山的轮廓在落照中勾勒得格外分明。在那云霞辉映的天空上，似乎也写着几个大字：

"Lest We Forget"（不要忘记）

1981年6月16日

原载《十月》1981年第5期

我的澳大利亚文学日

一九八一年五月六日，我动身从澳大利亚回国的前一天，是这次访问的高潮。按照日程，这天上午，我将到澳大利亚著名作家帕特里克·怀特家中拜访。然后往谒亨利·劳森之墓。下午参观悉尼艺术馆，晚上在悉尼歌剧院晚餐，有梅卓琳、考斯蒂根夫妇、基尼利夫妇和瑙玛同席。饭后在歌剧院观看现代芭蕾舞。

“太丰富了。”我赞叹。

“你会累坏的。”瑙玛说，“吃药吧，加倍！”相处了快一个月，我们几乎知道了彼此的全部习惯。

我们从瑙玛的住处莫斯曼湾乘船往悉尼市中心，海面波光粼粼，白鸥点点。岸上绿树丛中，隐约露出红白两色的房屋。初到悉尼时下榻的小旅馆，在山坡上显露着它那一角招牌。我想起旅馆中在红玻璃杯里燃烧的蜡烛，照着绘在天花板上的港湾。刚来时欣喜兴奋的心情，这时已换作依依惜别了。

船转了方向，这一带海湾看不见了。两岸仍是绿树。五月份，澳洲正是深秋，也许因为树的种类不同，此时反不如前几天在墨尔本和堪培拉感到的秋色浓和秋意重。

在市中心办了些琐事，即驱车前往怀特家。在车上，瑙玛忽然说："听着，亲爱的，"她常这样叫我，"你可能一人去见怀特先生，因为我想他大概不会让我进门。""怎么会呢？我们两人一起去。"我有些奇怪。一面想起一路听到的关于怀特的传说。都说他宣布隐居，谢绝访问。途经墨尔本时，一家报纸重新发表了两年前一位美国导演对他的访问记，编者按语说这是罕有的，特地重新发表。人们知道我的日程中列有访问怀特，都颇为惊讶。其实这很简单，只因我是中国人。

"如果他不让我进门，我就在街上等你。"瑙玛又说。我摇头。我直觉地感到怀特先生一定会欢迎她，就像欢迎我一样。

我们准时到达怀特家。那是一座小楼。坐落在一个小山坡上。小坡本身便是花园。我们自己推开木栅门，循着两边长满各种植物的小径，到了屋门前。忽然一阵狗吠，只见另一侧的铁栅门内，好几只大狗对着我们乱叫，但它们的神情并不凶恶。"它们表示欢迎。"瑙玛幽默地说。

我们按了电铃，门立即开了。我一眼便认出，站在我们面前的便是怀特本人。他身材高大，比照片上瘦一些，嘴角显出文学家的敏感，眼睛透露着哲学家的睿智和聪明。他也许不能说像，却使我想起歌德那敏感而聪明的脸。他立即欢迎我。瑙玛站在门边，问道："我可以进来吗？"

"哦，当然了。"怀特显然没有考虑过让她等在门外。我胜利地向她微笑。

我们进屋，落座。怀特端茶时，我和瑙玛打量着墙上的两幅大画，都是抽象派的，圈圈点点，曲线直线，不知所云。我很想问问画的什么，话到嘴边，又咽住了。

我知道怀特不喜欢新闻记者采访。我自己很尊重记者的劳动，因为每个人都要看报，读新闻。但这时我不想把自己放在采访的位置提问。我们的会见只是一个中国中年作家对一位澳大利亚老作家的友好拜望，只是见见面，谈谈天。怀特的接待恰也是这样。他亲切友好，随便家常。大家处在无拘束的亲切的气氛中，瑙玛和我都很高兴。

“中国是个伟大的国家，很愿意去看看。”怀特说，“但是我太老了。”

瑙玛和我同声抗议，一致说他并不老。他一九一二年生，今年六十九岁。

“我的日子不多了，”他说，“老实说活多久我并不在乎。”

“你可以只到一个地方看看。”瑙玛说。

“如果去，我就要到许多地方。”他微笑。

我告诉他他的书在中国的翻译情况，并把随身带的一本外国语学院出的《外国文学》送给他，那是澳大利亚文学专号，上面有《人类之树》的前四章。

《人类之树》描写澳大利亚人开发澳洲的艰辛过程。有“澳洲创世记”之称。我亲眼见到澳大利亚丛莽风光之后，才更体会这本书所形象地表现的澳大利亚历史，也更了解书中关于人类开发自然的深刻感受。我们谈到我的旅行，也谈到澳洲的自然景色，那是使人难忘的。

“便是这景色使我回来。”怀特说。

这便是怀特之所以为怀特。有些澳大利亚作家成名后，便远离故乡，定居国外，如莫里斯·韦斯特（Morris West）在意大利，《荆棘鸟》的作者考琳·麦卡洛（Colleen McCullough）发财后定居美国。我在阿德莱德见到一位青年女作家，出版了六部小说后即要迁居墨西哥。但是怀特回来了，因为澳洲是他的家乡。我想，比起一般人，作家是更需要祖国的土壤的，是更需要民族的后盾、更需要自己的文化传统的哺育的。

话题转到前天我们看的电影《苔丝》。我和瑙玛从澳洲黄金海岸的兰噶塔飞到悉尼，一下飞机，把箱子藏在杂物室内，就直奔电影院，兴致勃勃地在六部电影中选了《苔丝》。我以为那电影很忠实于原著，对得起我爱好的哈代。

“我也该看看这电影，”怀特说，“只是改编文学作品的电影常使我失望。亲眼见的形象总不大像读书后自己脑海中的形象。”

对极了。我也有这种想法。尤其是自己最偏爱、最熟悉的作品，最不容易满意。对中国人来说，红楼人物的扮演，大概是最难的了。视觉艺术太实了，很难满足心灵的想象。

也许这就是电影、电视不能代替文学的一个原因？

我们又谈到文学的使命。我在介绍中国当代小说时用了“明镜和号角”这个题目。怀特也认为文学作品应把这二者结合起来而不是偏废。“但是文学作品不能成为宣传品。”他加了一句。

这时马诺利·拉斯卡里斯（Manoly Lascaris）先生走了进来。他是怀特的朋友和陪伴，已经四十年了。《人类之树》便是送给他的。他身材不高，肤色较深，也很亲切。怀特斟茶时说这是为招待我而选的中国茶，问我究竟是什么茶，我可说不出。他又抱来一只哈巴狗，据说也是中国的。狗对着瑙玛和我汪汪大叫，吵个不停。我们还漫步到后院和前廊。后院除了狗以外，还有盆栽的各种花木，其中有一盆是豌豆尖，原来怀特先生也爱吃豌豆尖！这盆绿色的蔬菜使我感到分外亲切。记得小时在昆明，家门前方桌面大的一块地上，种满嫩绿的豌豆尖。那绿色给我憧憬和希望，现在的绿色却使我念及往事，将来若再相逢，就又会有另一层回忆了。前廊上吊着一个盆子，拉斯卡里斯说，他就在这里喂鸟，每天两次。各种鸟都来，也有白鹦鹉。怀特的小说《白鹦鹉》中饲鸟的描写，大概便是从这里来的吧。

我为怀特照相，瑙玛为怀特和我一起照相。照相时他特地把那只中国哈巴狗抱在手中。遗憾的是，回国后照相馆冲洗胶片时不知道是彩色胶卷，结果连黑白的也洗不出了。我只好安慰自己，我不需要那视觉的限制！好在怀特送我的两本书平安随我到了家。一本是《沃斯》，讲的是一八四五年沃斯这个人首次横越澳洲大陆的故事。怀特说这是大家喜欢的书，装潢也好。另一本是《坚实的祭坛》，装潢普通，是企鹅出版社出的。怀特说这是他最喜欢的一本书。这书讲的是一对孪生兄弟的故事。他们从小到大，永不分离，分享着相同的一切，但只有对事物的观点不同。哥哥很聪明，看见了一切，却不理解；弟弟是傻瓜，懒得观察什么，却懂得了人生。

我送给怀特一张篆文，写的是“道可道，非常道”那一段。听说他对道教有兴趣，这时却无时间多谈了。车来了。他陪我们走下花园，直到木栅门外。他的步履虽不龙钟，也毕竟有些老态。我们握手告别，一再希望再见。我真心相信我们会再见的，在中国，或者在澳大利亚。

在驶往悉尼墓地的途中，我和瑙玛很少说话。我在想着从劳森到怀特的澳大利亚文学。这两位创造澳大利亚文学的人经历不同，风格迥异。劳森文章的朴素的美诉诸人的心灵，怀特的复杂的心理描写不只使人感，也使人思。他那有些神秘主义的色彩又是怎样不同于劳森的质朴的哲理。但他们都从欧洲文化传统而来，又扎根于澳洲的生活现实；都描写人类的开发精神，人类驯化自然环境时所做的奋斗，他们关注着人。这也许是澳大利亚文学的一个传统和特色。

悉尼墓地临海，气氛宁静肃穆。一座座坟墓在逐渐倾斜的坡地上缓缓排向海边。几乎没有一座坟墓是相同的。有的十分豪华，如同讲究的小房屋；有的则十分简朴，似乎显示着七尺棺的本来面目。我们遇见一位中年妇女，她来看望她活着的弟弟——守墓人。她热心地帮助我们找到了劳森的墓。

亨利·劳森的墓很简朴，如同他小说的风格一样，占地不过只够一人躺卧，离左右邻居都很近，有些拥挤。一九七二年，即劳森逝世五十周年时重新修理过，墓面还新。我在墓前肃立片刻，又特地把从祖国带来的龙井茶叶轻轻撒在墓的周围。如果劳森知道有一个黑发黑睛的中国人，不远万里来看望他，是否会在他那充满不幸的心中，感到些许安慰呢？

我环顾周围的坟墓，出现在我眼前的却是劳森笔下那些充满同情心的人物：绰号“长颈鹿”的小伙子，总是张罗着“把帽子传一传”，募捐帮助别人；好心的安迪，不肯告诉贝克太太她丈夫死亡的真相。我觉得人世间太需要这种同情、这种热心、这种体贴了。希望我们的读者，都来读一读劳森的书！

当然，劳森描写的“伙伴情谊”，是在人开发自然时形成的。像他的诗句所说，先驱者没有被统治的烦恼，他们不见容于自己的故土，到这里来开创家园。现在这一片土地成为充满希望的花园，贪婪又来染指，情况就又不同了。虽然情况变化，但劳森的“伙伴精神”永远给人以鼓舞和安慰。

从墓地出来，我们到了悉尼艺术馆，在那里用午餐。这时我想到昨天的午餐。昨天中午我们在一家叫“颐和园”的中国餐馆里吃午饭，同席的朋友有澳大利亚理事会[①]文学局负责人考斯蒂根博士，他是个很有修养、博学而沉静的人。我初到悉尼，在悉尼笔会主席克伦先生欢迎我的家宴上，他也曾出席并讲话。这时他送我一本澳大利亚儿童作品，是把各地区、各民族的许多孩子的作文收在一起编印的。装潢、印刷都很精美，然而最美的是那些孩子天真的、充满向往的心和话语了，有文法拼法错误都照原样不改，益发显出孩子的本色。从这里，

① 澳大利亚政府主管文化的机构。

会有伟大的文学家成长起来吧。考斯蒂根博士还安排同席的两位女士饭后陪我参观文学局，也很有意思。

这次午餐时，第一次遇见了克里斯朵夫·考希（Christopher Koch）。他的长篇小说《艰危一年》描写一九六五年在雅加达的动乱生活，那一年苏加诺下台，几乎有五十万人丧生。英国著名作家安东尼·伯吉斯评论说：书中比利·克万这个人，是近年来小说中最值得记住的人物之一。除了这本畅销、扬名的书外，考希还有两本小说：《岛上少年》和《越过海上的墙》，想来都和他所居住的塔斯马尼亚岛上生活有关。应该一提的是，考希崇敬两个中国人。一位是白居易。他通过亚瑟·维利的翻译读了许多中国诗，他最喜欢白居易。在《艰危一年》的扉页上，考希引用了白居易的诗。林庚先生帮助我查到诗的原句。那是《缚戎人》的最后四句："缚戎人，戎人之中我苦辛。自古此冤应未有，汉心汉语吐蕃身！"另一位是何其芳。他读过其芳同志的《梦中之路》。我自己一直敬佩其芳同志的文章学问、品格修养，常以为像他那样德才兼备，而且在德才两个领域里又都很全面的人，世上不是很多。考希的谈话使我感到安慰。可见桃李无言，自然会有通往的路。考希说他即将到中国来，希望见到何夫人。后来我在北京又遇见他和诗人哈斯拉克（Nicholas Hasluck）和报告文学家、评论家安德逊（Hugh Anderson）两位朋友。因时间匆促，考希没有来得及见到何其芳的夫人牟决鸣同志。

很快便到了此行的最后一个夜晚，薄暮时分，瑙玛和我来到悉尼歌剧院。曲折的海湾在暮色中显出一条条明亮的灯光，形成好看的曲线。歌剧院的大贝壳屋顶在我头上张开，我尽力仰头又仰头。这贝壳中，不是孕育着艺术的珠宝吗？那满孕着风力的帆，不是想在艺术中探寻真和美吗？我凭栏凝望几十级也许是几百级台阶下的海水，海水宽阔而平静，反射出淡淡的光，我的心也充满了平静而又宽阔的欣喜。

虽然还没有欣赏在这建筑中表演的艺术，我已经为这建筑本身的艺术感动了。

我们走进了歌剧院的餐厅。这餐厅三面都是落地的玻璃。我和主人们周旋谈笑，坐下来时，忽然迎面扑来一个灯火通明的悉尼，使得我眼花缭乱。璀璨的灯光画出了悉尼的一个个建筑的轮廓，好一幅豪华的夜景！在这明亮的灯火后面，每一个房间里，人们感觉到什么？又在思索着什么？他们常常是快活的，唱歌、聊天、冲浪、野宴……他们也有无穷的苦恼，罢工、失业、疾病、酗酒……

我对澳大利亚的了解很少。只对眼前一同吃饭的朋友，似乎还略知一二。梅卓琳是我们熟悉的。她曾获中国哲学和中国历史方面的博士学位，现在是澳中理事会执行主席。前些时在堪培拉中国大使馆举行的招待会上，大家都称赞她为中澳友好做出的贡献。在我访澳前，她读了《三生石》，并写出了英文提要分送各地，可见她的细致周到。前面提到的考斯蒂根和夫人，这时正高兴地翻看我送给他们的《中国文学》英文版，寻找着《弦上的梦》。

我想介绍一下另一位在座的澳大利亚著名作家，托马斯·基尼利（Thomas Keneally）。上次到悉尼，他曾请我吃饭，这次算是老相识了。据说澳洲只有两位作家能靠稿费为生，一位是怀特，一位便是基尼利。我在各处旅行，听到谈论最多的除怀特外，就是基尼利。在昆士兰州，有一位女作家曾热情推荐他的小说《带来百灵鸟和英雄》（*Bring Larks and Heroes*），在墨尔本，一位讲明史的大学教师也称赞他的才情。这位朋友说，他的有些作品显然是为了挣钱，那也难怪，不如此他何以为生？但他并不只是为了挣钱。这位朋友相信他会写出真正最好的作品，超过他已出版的所有的书。

基尼利即席为我开出他的著作目录。最新的一部《次等王国》（*The Cat-Rate Kingdom*）初次见面时他已送给我。那书前作者的话中写道：

“这小说不是真人真事。如果有些线索有所指，作者希望它们和任何个人私事无关，而是关系到澳大利亚灵魂的特征。”

这话打动了我。每一个从事写作的人，不是都想表现自己民族的灵魂，而避免“对号入座”的纠缠吗?

和有悠久岁月的中国文学相较，澳大利亚文学是年轻的。唯其年轻，也便应该有生命力。以前澳洲文学的两个主题似乎已在变化。那两个主题是:“逐客心情”和“澳洲之梦”。前者描写被放逐的悲凉，后者描写建设的希望。如爱尔兰诗人叶芝的诗句所说:“把自己的祖国当作宇宙的中心”。现在的澳洲作家，已经更着眼立足于澳洲的现实生活了。

还应该讲几句瑙玛。因为和她是这样熟悉，竟以为大家都和我一样了解她。瑙玛姓丁（Norma Martyn），是悉尼笔会副主席，写过不少长、短篇小说，还在写研究张骞通西域的学术文章。她也积极参加国际文学运动，是个能干人。这时她策略地催我快些吃喝，说澳洲人吃饭快说话快是闻名世界的，而我吃饭慢说话慢是闻名澳洲了。这一次却是关于澳洲文学的遐想羁留了我。我们兴冲冲离开餐厅赶往剧场时，话题转到今晚的芭蕾舞，便把文学放开了。

1981年8月初

原载《世界文学》1981年第6期

彼得·潘的启示

在童话人物中，彼得·潘可谓不朽者之一。这永远长不大的孩子，寄托了多少人不能达到的愿望；人们的逝去的童年就是漂流到那遥远的“绝域”去了吧。据说每年春天，伦敦都要上演根据巴利原剧编写的音乐喜剧《彼得·潘》，迄今已有七十五年了。那确是适合在春天上演的，提醒人们在万象更新时，要扫除肮脏的一切。许多年来，我一直想亲眼看见飞翔的彼得，想看见袅袅炊烟从蘑菇根里冒出来；还想知道彼得的音乐形象究竟如何，听听那一曲“我不愿长大”和鳄鱼腹中闹钟的声音。

去年夏天的一个傍晚，我坐在兄长家后院的大片草地上，和不时出没的野兔对望着。夕阳在茂密的树木后面沉下去了，绿屏风泛出一阵阵的红来。我不经意地翻着一份《匹兹堡晚报》：“斯坦利大戏院上演《彼得·潘》。”

这一行字忽然跳入我的眼帘。呀！彼得·潘！我熟识的小朋友！这时不是春天，也不在伦敦，我却可以一偿夙愿了。

经过许多次讨论，我终于独自出发去看《彼得·潘》。先到镇上等有轨电车。和一位美国老太太攀谈时，得知她是家庭妇女，儿女都已长大，觉得人太闲，房子太空。现在是进城去买“好东西”。上车后，我发现乘客中绝大多数都是中年以上的妇女。大概她们最感到闲和空罢。电车摇摇摆摆地前进。有段路很有点野趣，树在山坡上乱长着，车身哐当地摇着，倒有点像四十多年前在云南境内乘小火车的光景。

到市中心了，F在街口等我。第一件事就是去买票，可是F在匹兹堡居住二十多年，竟不知斯坦利戏院在哪里。“就在这一带！”她肯定地说。这我也知道，因为这里是市中心。

市中心有一个富丽的名字：金三角。三条大河，阿勒格尼河，俄亥俄河，还有另一条河在这里相汇，形成一个三角地带。我们一面问路一面走，问到的每个人都详加指点。要是我们也细心弄清的话，问一个人就可以找到。但是F有点心不在焉，而又不惮其烦。我想她大概有把握问谁都不会碰钉子，所以这样问了又问。

终于到了剧院门口。F忽然宣布：“我不看，我从来不看音乐剧。”她确有许多“从来不”，我当然不好打破她的规矩，可我一人认得路吗？而且又是晚上。我迟疑了两秒钟，立刻买了一张当晚的票。

“我们先实习一下，晚上你就认得了。”F很周到。

我们到三河交汇处站了一会儿。一个过路人告诉我们三个名字各属于哪条河，可是我们转眼就又弄不清了。河面很宽，对面是华盛顿山，有缆车在上下。我们没有多停，即乘公共汽车到F家。那里名为松鼠山，房子依山势而造，所以家家门前有两层楼高的阶梯，一幢幢房子挨得很紧，台阶窄而陡。我简直担心她老来怎样出门。F好像许多年没有说过话，不停地说着她的生活和著作，并把她的文稿拿出来。我一面翻阅一面听她说着一篇讲谢枋得的文章。

“谢枋得？”我不知道这名字。

“你不知道谢枋得？亏你还是你老爸的女儿！”F大叫起来，“你十几岁就和我大谈义山诗。记得么？在昆明街角上！现在连谢枋得都不知道！你真把我气死！”

“你真把我笑死！”说着我们都大笑起来。我的知识从二十岁后长进确实不多，幸而我倒是深知自己的不长进。

我一人又回到金三角，刚下车就不敢确定方向。一位美国妇女问我：“能帮忙吗？”我连忙问路。她还要陪我走一段，我婉谢了。很快到得剧院门首，尚未开门，我便在街上闲逛。这种闲逛是许久没有的了。我觉得就像在北京去看一个久已想看的戏，出发较早，赢得了闲暇一样。

走着走着，在光怪陆离的店铺门面中，忽然出现了“裸体”的字样，吓了我一跳。仔细看时，那间橱窗不是透明的，变幻着各种颜色。另外一行字也很醒目，那是“十八岁以下不得入内”。

我怕迷路，往回走了，一个黑人青年迎上来：“能给一杯咖啡的钱吗？”黑黑的脸上神色颇为可怜。我几乎想给她几角钱了，但是我马上说：“不懂你的话。”只管向前走了。想起曼斯菲尔德的小说《一杯茶》中，那女孩也是这样说的：“能给我一杯茶的钱吗？”

剧场前厅中人已很多，不少人带孩子来。大幕升起了，台上出现了温蒂的家，三个孩子都入睡了。台正中的长窗忽地打开（原书说这是星星吹开的），在灿烂的星空前出现了彼得·潘，他飞进窗来寻找他的影子。这时满场响起了掌声。哦！彼得·潘！你这永恒的孩子！

温蒂问他的年龄，他不知道，时间不是他的枷锁。丢了影子就坐在地上哭，缝上了就笑。他的生活就像在“过家家”，有印第安人，有海盗，有惊险的走跳板，也有温蒂那“遥远的曲调”。虽然只有他一个人永不长大，在“绝域”里，却不是他一个人在生活。

对这里的观众来说，温蒂的歌一定是支熟曲子了，我的邻座竟随着台上轻轻地哼了几句。后来我向这里的亲戚描述时，她们颇以为怪，我倒觉得很有意思。休息时，人们在甬道上走动，彼此招呼。一位太太看来是我邻座的老相识。一个问："海伦怎么不来？" 一个答："她不太舒服。" 接着说谁谁来了，又说唱得不错。虽然她们的话我不尽懂，却觉得像在北京剧场中，随时可以发现熟人似的。

孩子们连同温蒂都落到海盗手里了。彼得来救他们，和海盗头子胡克大战一场。如果一个人的童年里没有打仗争斗的游戏，该是多么乏味！在西方，孩子们有海盗；在东方，我们有飞檐走壁的侠客。记得连不大喜欢活动的我也曾争当女飞卫陈丽卿，竟不知她是专门和花荣作对，镇压农民起义的人物。海盗们唱起"胡克的华尔兹"。那胡克唱得真好，可是他不能唱了，整天追着他的鳄鱼把他吃了！彼得啊彼得，我相信你总会胜利！

多年以后，彼得来找温蒂去做春季大扫除，温蒂已经长大，不能飞了。他很自然地和她的女儿简一起飞走了。以后他还会再找简的女儿同去"绝域"，还有一批又一批的遗失的孩子和他在一起。彼得总不是一个人，人总是要和人在一起的。

曲终人未散时，我已走在金三角的大街上，我要赶公共汽车。店铺已经关门，但街上很亮。我听见自己的鞋跟敲在空荡荡的马路上，觉得就像走在王府井大街上一样。路虽不熟悉，却有亲切之感。其实，在北京，这种深夜独行的经验也并不多。

到了一个车站，我怕有错，便去问路旁的青年。他们几个人正在一起说笑。虽然语言不同，肤色服饰不同，那一起说笑的态度，和北京青年不知哪里有些像。我想这是因为他们虽不是我的同胞，却是我的同类。他们果然回答了我。

我爬上松鼠山窄而陡的台阶时，颇为得意。F 正在看她那只有点线没有图像的电视。她马上说："你可回来了，我真想找你去！万一出点事，我可怎么对得起冯老先生！”“你怎么不说对不起我呢？”我心里想。还没有来得及说一句彼得·潘，F的话便一句接一句，如同倾盆大雨般浇下来，把我淋了一个透。

想起F的电话号码是不登在电话本上的，因为不愿和人来往。为此需另交一块钱。她确是很久不和人说话了。如果彼得·潘在“绝域”总是一个人，他再看到温蒂的女儿，或女儿的女儿时，一定也是这样的。

1983年6月

原载《天津文学》1983年10月号

彩虹曲社

“破不刺马嵬驿舍，冷清清佛堂倒斜。一代红颜为君绝，千秋遗恨滴罗巾血。半棵树是薄命碑碣，一抔土是断肠墓穴。再无人过荒凉野，莽天涯谁吊梨花谢！可怜那抱幽怨的孤魂，只伴着呜咽咽的望帝悲声啼夜月。”

这是《长生殿·弹词》一节中的“七转”。我们在夏威夷一所小学校教室里，听几位朋友唱，唱声清越，忽而高遏行云，忽而沉入地下；直起直落，如同铁画银钩，不要圆滑，不要坡度，勾勒得极峭极美。连那心窍不通处，都由这陡笔打通了。

“我只为家亡国破兵戈沸，因此上孤身流落在江南地。”声音悲凉凄楚，从极高处陡然跌落下来，像是负荷不了那悲痛。一时间空荡荡的教室里充满了凄冷。

窗外有四时不谢的奇花异草，远山笼罩在烟霭中，山坡上散落着各种样式的房舍。眼前的景色是美的，我却不觉为这些身处异国的朋友感到浓重的乡愁，我的眼泪涌上来了。可是唱的人并不哽咽，伴着悠扬的笛声唱完了煞尾。“今日个知音喜遇知音在——这一曲霓裳播千载。”

我对昆曲是外行，根本没有听过几次，但是十分喜欢。尤其这一次唱，给我印象极深。

一九八二年夏的一个星期六下午，居住在夏威夷的语言学家李方桂和夫人徐樱，中国戏曲专家罗锦堂夫妇，还有两位女士和一位癌症研究中心的青年医生，在一起唱曲自娱，父亲和我得往聆听。据罗先生说，他们原轮流在各家唱，邻居听得这般怪声，以为出了什么事，找了警察来。后来便选定这小学校，星期六下午学校无课，没人听见。他们自带点心，唱一阵休息一下再唱。有时兴起，连晚饭也免去，直到尽兴方休。

“你道翠生生出落的裙衫儿茜，艳晶晶花簪八宝钿，可知我一生儿爱好是天然？”

《弹词》唱过是《惊梦》，词句随着音乐送入心中，真觉得芳香直浸骨髓。我一面听一面诧异，他们怎么唱得这样好！五十年代曾在北京看过一次著名票友周、袁两女士的《游园惊梦》，载歌载舞，美妙极了。似乎票友总胜过专业演员，因为前者只凭着迷，“一生爱好是天然”，没有任何功利打算；后者则要受到种种客观制约。能“着迷”的人是可爱的，对任何事都不着迷的人，不只乏味，还有些可怕。

这几位朋友都迷着昆曲，迷得很天真。李夫人徐樱女士是家传，唱得好，还管吹笛子。这一场除她自唱的几段外，都是她吹笛子。后来自己笑说：“都出汗了。”出了汗，还吹，还唱。罗锦堂夫人身体不好，声音却高而且亮，充满了感情。那位青年医生也唱得抑扬顿挫，字正腔圆，若是他唱一段曲子作辅助治疗，一定有好效果。

回国后听过几次昆曲，总觉得不像。各种艺术还是突出自己的特色为好，若互相靠拢，让人总觉差点什么。昆曲若无那点陡峭味儿，便无意趣。几乎以为，要听真正的昆曲，必须前往夏威夷了。当然，其实这方面的艺术家颇不乏人，且有极出色者，只是我无缘得见罢了。

前几天，偶然在电视里看到昆剧演员汪世瑜表演《拾画》，十分倾倒。一举手一投足，是那样潇洒，一发声一吐字，是那样润畅，歌和舞浑成一体，把人带到“寒花绕砌，荒草成窠”的废园中。

看来只要艺术精湛，业余和专业并不是界限。但是夏威夷那次听曲，余音绕梁，三年不去。可能因为他们的唱只是抒发胸臆，得不到掌声与喝彩，他们是唱给空荡荡的教室听的。

他们住处都离夏威夷大学不远。这一带因常有微雨，常有霁色，也常有彩虹，所以有彩虹谷之美名。那天我们出来时，便见半段彩虹，横在远山和云雾之间。他们的曲社，便名为“彩虹曲社”。

即以此文寄意所有的久居异乡的朋友，愿彩虹常现，人长健，曲常新。

1985 年 12 月

原载《女作家》1986 年第 3 期

酒和方便面

酒，是艺术。酒使人陶陶然，飘飘然，昏昏然，直至醉卧不醒，完全进入另一种境界。在那种境界中，人们可以暂时解脱人间各种束缚，自由自在；可以忘却营碌奔波和做人的各种烦恼。所以善饮者称酒仙，耽溺于饮者称酒鬼，却没有称酒人的。酒能使人换到仙和鬼的境界，其伟大可谓至矣。而酒味又是那样美，那样奇妙！许多年来，常念及酒的发明者，真是聪明。

因为酒的好味道，我喜欢，却不善饮。对酒文化，更无研究，那似乎是一门奢侈的学问。只有人问黄与白孰胜时，能回答喜欢黄的，而不误会谈论的是金银。黄酒需热饮，特具一种东方风格。以前市上有即墨老酒，带点烟尘味儿，很不错。现在的封缸、沉缸，也不错，只是我不能多喝。有人说我可能生来具有那根“别肠”，后因多次手术割断了。

就算存在那“别肠”，饮酒的机会也不多。有几次印象很深，但饮的都不是黄酒。

云南开远杂果酒，色殷红，味香甜。童年在昆明，常在中午大人午睡时，和兄、弟一起偷饮这种酒，蜜水一般，好喝极了。却不料它有后劲，过一会儿便头痛。宁肯头痛，还是偷喝。头痛时三人都去找母亲。母亲发现头痛原因，便将酒瓶藏过了。那时我和弟弟住一房间，窗与哥哥的窗成直角。哥哥在两窗间挂了两根绳子，可拉动一小篮，装上纸条，便成土电话。消息经过土电话而来，格外有趣。三人有话当面不说，偏忍笑回房写纸条。纸条上有各种议论，还有附庸风雅的饮酒诗。如今兄、弟一生离一死别。哥哥远在异城，倒是不时打越洋电话来，声音比本市还清楚。

海淀莲花白，有粉红淡绿两种颜色，味极醇远。在清华读书时，曾和要好的同学在校园中夜饮。酒从燕京东门外常三小馆买来。两人坐在生物馆高台阶上，望着馆前茂盛的灌木丛，丛中流过一条发亮的小溪。不远处是气象台，那时似乎很高。再往西就是圆明园了。莲花白的味道比杂果酒高明多了。我们细品美酒，作上下古今谈，自觉很是浪漫，对自己的浪漫色彩其实比对酒的兴趣大得多。若无那艳丽的酒，则说不上浪漫了。酒助了谈兴，谈话又成为佐酒的佳品。那时的谈话犀利而充满想象，若有录音，现在来听，必然有许多意外之处。这要好的同学现在是美国问题专家。清华诸友近来大都退化作老妪状，只有她还勇往直前，但也绝不饮酒了。

另一次印象深刻的饮酒经验是在一九五九年，当时我下放农村劳动锻炼。一年期满回京时，公社饯行，喝的是高粱酒，白的，清水一般，度数却高。到农村确实增长了见识，很有益处，但若说长期留下改造，怕是谁也不愿意。那时，“不做一阵子，要做一辈子”农民的壮志尚未时兴。饯行宴肯定我们能回京，使人如释重负；何况还带有公社赠送的大红锦旗，写着“上游干将，为民造福”，证明了我们改造的成绩。在高兴中，每人又有这一年不尽相同的经历和感受，喝起酒来，味道复杂多了。

公社干部豪爽热情，轮番敬酒。一般送行的题目喝过，便搬出至高无上的题目来，“为毛主席干杯！”大家都奋勇喝下。我则从开始就把酒吐在手绢上，已经换过若干条，难乎为继了。到为这题目干过几次杯后，只好逃席。逃到住房，紧跟着追来一批人，举杯高呼：“为毛主席健康……”话音未落，我忍不住哇的一声呕吐起来。幸好那时距“文革”尚远，没有人上纲，不然恐怕北京也不得回了。

我们的队伍中醉倒几条好汉，躺在炕上沉沉睡去。公社书记关心地来视察，张罗做醒酒汤。那次饮酒颇有真刀真枪之感，现在想来犹觉豪迈。

酒是有不同喝法的。

据说一位词人有句云：“到明朝重携残酒，来寻陌上花钿。”君主见了一笑，说，何必携残酒？提笔改作“到明朝重扶残醉，来寻陌上花钿”，果然清灵多了。这是因为皇帝不在乎残酒，那词人就显出知识分子的寒酸气了。

寒酸的知识分子，免不了操持柴米油盐。先勿论酒，且说吃饭，这真是大题目。有时开不出饭来对付一家老小，便搬出方便面。所以我到处歌颂方便面，认为其发明者的大智慧不下于酒的发明者。后来知道方便面主乃一日籍之华人，已得过日本饮食业的大奖，颇觉安慰。

到我的工作单位去上班时，午餐便是一包方便面。几个人围坐进食，我总要称赞方便面不只方便，而且好吃。“我就爱吃方便面。”我边吃边说。

“那是因为你不常吃。”一位同事笑笑，不客气地说。

我愕然。

此文若在一九八七年底交卷，到这里会得出结论云，人需要方便面，酒则可有可无。再告一番煞风景罪，便可结束了。但拖延至今，便有他望。

一九八八年开始，我们吃了约十天的方便面，才知道无论什锦大虾何等名目的作料，放入面中，其效果都差不多。“因为你不常吃”的话很有道理。常吃的结果是，所需量日渐减少。无怪嫦娥耐不住乌鸦炸酱面，奔往月宫去饮桂花酒了。

人生需要方便面充饥，也需要酒的品赏。

什么时候，我要好好饮一次黄酒。

1988 年 1 月

原载《解忧集》，中外文化出版公司，1988 年

辞　行

尽管龙年大吉嚷得热闹，于我却似是流年不利。阳历元旦便患上感冒，发高烧，折腾了一周多；阴历初八忽又发烧，没有任何感冒症状，心中惶恐，以为是什么疑难杂症。躺了两天，也见好了，不能看书，只躺着发呆。

黄昏时分，西窗上松影渐渐模糊，清晰的松针消失了，剩下几笔墨印。有人敲门。

听见仲去开门，一阵寒暄。有人说："躺着呢？好些了？不要起来。方便么？"是 K 的声音。然后脚步响，K 和他的妻子 H 走了进来。

K 见我卧病在床不是第一遭了。上中学时在昆明，我平均每学期要生两次病。住在斜对门的 K 和小弟一起，常常来讲学校中的情况。有一次说好许多人同去大观楼游玩，我又临时病了不能去。K 早上来转一下，说："冯姐姐，我回来讲给你听。"他们家只有兄弟，没有姊妹，很愿意有个姐姐好叫叫。那时他是一个瘦弱的少年，常穿一件不知哪里来的旧风衣，可能自以为很帅。

这样“讲给你听”的交往不知不觉间继续了近半个世纪，想想也是很不容易的。在我那总是化为周记或月记的日记里，不时会有一笔：“今日K来，说拉单晶事。”那时我在写一个以半导体物理为专业的人物。稿子后来毁了。“今日K来，说科学改革，要着重经济效益，人心惶惶云。”这是说他自己的处境。因他的研究效果不那么直接明显，而且年纪又快“到”了，用实验室都挤不上，可觉得还有许多招数未使出来，便想出一个大家都在使用的法子——去美国。

我知道他是来辞行的。“明天走，十点半的飞机。”K说。

“早听你们奶奶说了你要走。”所说的奶奶是K的母亲，我们始终是邻居，而K自立门户去了。“明天？明天星期几？”我疑惑。

“我坐的是美国飞机。”K解释。

“明天星期五。”H好意地回答。

在昏暗的灯光下，两人都显得很憔悴，说也是刚刚发过烧的，这一阵流行的各种类型的感冒很厉害。

最初K说起要往外国求职，已是一年多前的事了。他从小喜欢玩收音机，常到飞机场附近去捡零件，装了拆，拆了又装。听到无线电波传来的古怪声音，便高兴得手舞足蹈。他那对科学的热爱是与生俱来的。大学毕业后曾留学苏联，以后一直在工厂工作，近几年才调到研究所，却又不知怎么，总是不对头，没有能痛快淋漓地大干一场。

“想不到我也沦落到往外国去找事的地步。”K透露他的计划时苦笑道。

“找事”这个词含有谋生之意，这倒似乎不是他的本意。他觉得“闲着很无聊”，只求尽可能地把一点聪明才智用在正途。这大概是每一个正常的知识分子的正常要求，这谈何容易！依我看，他的缺点一大箩（希望K和H不要见怪），但以他的才能来说，实在该有千百倍于今天的成就。在听他说话时，我常感到莫名的悲哀。

然而生活也是不能不考虑的。既然是人，便不能不食人间烟火。和许多朋友一样，他们的生活水平显然下降了，H抱怨时，K不大响，抱怨是无意义的。有一天他忽然送来一篇复印的文字，那是冰心老人的小小说《万般皆上品……》。我读着，他颇有些声势汹汹地质问：

“你为什么不写一篇？”

我一时回答不出。难道我不关心社会么？不是的。

“你的事也太多了，身体又不好。”他自找理由原谅。

其实K也不是健康人，曾做过大手术。记得他手术后我到医院看望，H慌张地说：“裂开了，都裂开了。”细问时，说是：“缝的线断了，肠子都出来了。”她噙着眼泪。

我在病房门口张望，对他招招手，他点头，知道我来了。一会儿护士便把他推走，说是把肠子塞回去，重新缝起来。

我做过六次手术，还没有遇到这等事。但他活过来，恢复得很好，全日工作，还能游泳，现在则要远渡重洋，去过那紧张的生活了。

“还得注意身体，不要勉强。到底不是年轻人了。”我照例以大姐姐的身份叮嘱。

“唔。”K答应着。

问起H近况时，才知道她在上个月退休了。我弄不清这是好事还是坏事。听说有人退休后经济上大有进益，有人则获得了时间，于是重整家园，收拾得花团锦簇，焕发了“第二次青春”，也有人百无聊赖，精神颓丧云云。不管好或不好，这是必然的事，就像K的出国一样。

“冯姐姐怕是累了，我们走吧？”H说。

叫我冯姐姐的人越来越少了，我早已上升到姑姑阶段，在有的场合已是祖字辈了。

他们走了。

我仍躺着发呆。窗上的墨印般的松影融进黑夜里了。仲过来拉上了窗帘。

1988 年 3 月初

原载《青年散文家》1988 年第 3 期

小东城角的井

昆明是我的第二故乡。

抗战八年，居住昆明，十分思念北平，总觉得北平的一草一木都是好的。回到北京后，又十分思念昆明，思念昆明那蓝得无底的天，乡下路旁没有尽头的木香花篱，几百朵红花聚于一树的山茶，搅动着幽香的海一样的蜡梅林，还有那萦绕在我少年时代的抑扬顿挫的昆明语调。

人就是这样，那远处的总是好一些。至于那逝去的，不可回复的，更是带有神秘色彩，一辈子都可以反复玩味——如果有时间的话。

一九三八年至一九四六年，我家在昆明市内和近郊迁移过多次。曾有约一年时间，住在小东城角。一个小花园中有两幢小楼，我们和叔父景兰先生一家住在里面一幢，大门边的一幢由房东自己住。园中花木扶疏，颇为清雅，还有一口井。

刚搬过去时，我们几个孩子总爱到井边去，俯在石栏上向下看。那是一面黯淡的镜子，照出我们好奇的高兴的脸儿。那水很满，惹人想去摸一摸。但我们从未去搅动，只是看着。有时大喊一声，井里立刻有微弱的回声，好像井底住着什么精灵。我们便叫："出来出来！"当然什么也没出来。

房东一家和我们不大来往，后来他们家来了一个梳两条细辫子的少女。据说是远房亲戚。她常到井边打水，对我们笑笑，不说话。在大门边遇见几次她问房东太太："咋个整？"不知问的是关于家务还是她自己的事。

"咋个整？"是我们最先学会的几句昆明话之一。我们也常常要问"咋个整"，听人问这话也很觉亲切。

在小东城角住时还有一个重要节目，就是到附近一个图书馆看书，星期日或假日常常去。

似乎是叫作绥靖路图书馆，房间不大，有许多旧小说，读者秩序极好。有一本《兰花梦》给我印象很深。至今能记得其中情节。一户显赫人家有两个女儿，次女出生时家人都盼是个男孩子，不幸是女孩，便假充男儿教养。她冒充男人事事成功，状元得中，高官得做，但不忘自己是个女儿身，不愿在做女人方面有所欠缺，要求丫鬟为自己缠足。后来嫁了一个样样逊她一筹的同僚，被虐至死。书中加了个尾巴，说她返回天上做仙女去了。

一次从图书馆回家，见房东家的那位少女倚在门口，望着路的一端。她对我笑笑，轻轻说了一句："咋个整？"不知是自问还是问我。我仰头看她，她却又转脸望着路的一端。

次日早饭后，母亲对我们说，不要到井边去玩。我说，井边有栏杆。母亲温和地加重语气说："不要去了，听见么？"

然而花园很小，我们站在门前，便见房东太太和几个人站在井边，指指点点说什么。

几天不见那少女，后来才知道，她投井死了。

大家都觉得很恐怖。又过了些日子，恐怖的感觉渐渐淡了。我悄悄地到井边看，只见花木依旧，井栏边布满青苔，一片碧绿。大着胆子俯身看井，水仍是很满。我不敢仔细辨认自己的脸，看了一眼便跑开。心想跳井似乎是很容易的。

有很长时间，我把那少女和《兰花梦》中人连在一起，虽然她们的身份悬殊。

在记忆的深井里，往事已经模糊。小东城角究竟是否真有过这样一位少女，很难说。也许是因为习惯于想象，把幻想添了进去。

然而那一口井，是确实存在过的。

1988 年 7 月 2 日

原载《女声》1988 年 11 月号

风庐茶事

茶在中国文化中占特殊地位，形成茶文化。不仅饮食，且及风俗，可以写出几车书来。但茶在风庐，并不走红，不为所化者大有人在。

老父一生与书为伴，照说书桌上该摆一个茶杯。可能因读书、著书太专心，不及其他，以前常常一天滴水不进，有朋友指出“喝的液体太少”。他对茶始终也没有品出什么味儿来，茶杯里无论是碧螺春还是三级茶叶末，一律说好，使我这照管供应的人颇为扫兴。这几年遵照各方意见，上午工作时喝一点淡茶。一小瓶茶叶，终久不灭，堪称节约模范。有时还要在水中夹带药物，茶也就退避三舍了。

外子仲擅长坐功，若无杂事相扰，一天可坐上十二小时，照说也该以茶为伴。但他对茶不仅漠然，更且敌视，说“一喝茶鼻子就堵住”，天下哪有这样的逻辑！真把我和女儿笑岔了气，险些儿当场送命。

女儿是现代少女，喜欢什么七喜、雪碧之类的汽水，可口又可乐。除在我杯中喝几口茶外，没有认真的体验。或许以后能够欣赏，也未可知，属于“可教育的子女”。近来我有切身体会，正好用作宣传材料。

前两个月在美国大峡谷，有一天游览谷底的科罗拉多河，坐橡皮筏子，穿过大理石谷，那风光就不用说了。天很热，两边高耸入云的峭壁也遮不住太阳。船在谷中转了几个弯，大家都燥渴难当。“谁要喝点什么？”掌舵的人问，随即用绳子从水中拖上一个大兜，满装各种易拉罐，熟练地抛给大家，好不浪漫！于是都一罐又一罐地喝了起来。不料这东西越喝越渴，到中午时，大多数人都不再接受抛掷，而是起身自取纸杯，去饮放在船头的冷水了。

要是有杯茶多好！坐在滚烫的沙岸上时，我忽然想，马上又联想到《孽海花》中的女主角傅彩云做公使夫人时，参加一次游园会，各使节夫人都要布置一个点，让人参观。彩云布置了一个茶摊。游人走累了，玩倦了，可以饮一盏茶，小憩片刻。结果茶摊大受欢迎，得了冠军，摆茶摊的自然也大出风头。想不到我们的茶文化，泽及一位风流女子，由这位女子一搬弄，还可稍稍满足我们民族的自尊心。

但是茶在风庐，还是和者寡，只有我这一个“群众”。虽然孤立，却是忠实，从清晨到晚餐前都离不开茶。以前上班时，经过长途跋涉，好容易到办公室，已经像只打败了的鸡。只要有一盏浓茶，便又抖擞起来。所以我对茶常有从功利出发的感激之情。如今坐在家里，成为名副其实的“两个小人在土上”的“坐”家，早餐后也必须泡一杯茶。有时天不佑我，一上午也喝不上一口，搁在那儿也是精神支援。

至于喝什么茶，我很想讲究，却总做不到。云南有一种雪山茶，白色的，秀长的细叶，透着草香，产自半山白雪半山杜鹃花的玉龙雪山。离开昆明后，再也没有见过，成为梦中一品了。有一阵很喜欢碧螺春，毛茸茸的小叶，看着便特别，茶色碧莹莹的。喝起来有点像《小五义》中那位壮士对茶的形容，香喷喷的，甜丝丝的，苦因因的。这几年不知何故，芳踪隐匿，无处寻觅。别的茶像珠兰茉莉大方六安之类，要记住什么味道归在谁名下也颇费心思。有时想优待自己，特备一小罐，装点龙井什么的。因为瓶瓶罐罐太多，常常弄混，便只好摸着什么是什么。一次为一位素来敬爱的友人特找出东洋学子赠送的“清茶”，以为经过茶道台面的，必为佳品。谁知其味甚淡，很不合我们的口味。生活中各种阴错阳差的事随处可见，茶者细枝末节，实在算不了什么。这样一想，更懒得去讲究了。

妙玉对茶曾有妙论，一杯曰品，二杯曰解渴，三杯就是饮驴了。茶有冠心苏合丸的作用，那时可能尚不明确。饮茶要谛应在那只限一杯的“品”，从咂摸滋味中蔓延出一种气氛。成为“文化”，成为“道”，都少不了气氛，少不了一种捕捉不着的东西，而那捕捉不着，又是从实际中来的。

若要捕捉那捕捉不着的东西，需要富裕的时间和悠闲的心境，这两者我都处于“第三世界”，所以也就无话可说了。

1990 年 2 月

原载《光明日报》1990 年 2 月 22 日

从“粥疗”说起

我从小多病，以这多病之身居然维持过了花甲，而且还在继续维持下去，也算不简单。六十年代后期，随着“文化大革命”这场大灾难，我也得了一场重病。年代久了，记忆便淡漠，似乎已和旁人平等了。可能是为了提醒吧，前年底，经历了父丧之痛之后，又是一次重病，成了遐迩闻名的大病号。

病中得到广泛而深厚的关心，让我有点飘飘然。有时卧床而“飘”，飘着飘着，想起二十多年前，我的夫弟——俗称“小叔子”的，他们只有兄弟二人，不必说明第几位——从上海寄了一本《粥疗法》，是本薄薄的旧书，好像还是古籍出版社一类的地方出版的。书中极称粥食之妙，还介绍了许多食粥之法。有的很普通，如山药粥、百合粥、莲子粥等，不必查书，我也曾奉食老父。有用肉类制作的，就比较复杂。无论繁简，都注明各有所治，“粥效”可谓大焉。不过此书的命运同我家多数小册子一样，在乃兄的管理下，不久就不见踪影，又是“只在此山中，云深不知处”了。

后来又听朋友说，还有一种书，题名为《一百种粥》，所记粥事甚详。可见“粥”在出版界颇不寂寞。

病中不能出门，只在房中行走。体力恢复到能东翻西翻时，偶见陆游有一首食粥诗：“世人个个学长年，不悟长年在目前。我得宛丘平易法，只将食粥致神仙。”再一研究，写《宛丘集》的张耒，更有一篇《粥记》，文字不长，兹录如下：

> 张安定每晨起食粥一大碗，空腹胃虚，谷气便所补不细，又极柔腻，与肠腑相得，最为饮食之良妙。齐和尚说，山中僧每将旦一粥，甚是厉害，如或不食，则终日觉脏腑燥渴，盖能畅胃气，生津液也。今劝人每日食粥以为养生之道，必大笑。大抵养性命求安乐亦无深远难知之事，正在寝食之间耳。

这位张耒是自称“吾苏学士徒也”的，如此再作推理，原来东坡也嗜粥。他说：

> 夜饥甚，吴子野劝食白粥，云能推陈致新，利膈益胃。粥既快美，粥后一觉，妙不可言。

看来宋代便有不少大名士深知粥理。想想我曾那样不重视粥疗，不觉自叹所知太少。

南方人似乎喜吃泡饭胜于粥。幼时在昆明，一度住在梅家，曾和小弟还有从小到大的友伴和同窗梅祖芬三人一起偷吃剩饭。那天的饭是用云南特产的一种香稻做的，用开水泡一下，还有什么人送来自制的腐乳，我们每人都吃了两三碗，直吃到再也咽不下，终于胃痛得起不了床。梅伯母不知缘故，见三人一起不适，甚感惊慌。好在服用酵母片后，个个痊愈。梅伯母现已年近百岁，对于一起胃痛的奥妙，还是不甚了然。当时若吃的不是泡饭而是粥，谅不至于胃痛。

一九五九年下放在桑干河畔，那里习惯用玉米楂子煮干饭，称为“格仁粥”，煮成稀饭，则称“格仁稀粥”。我印象中稀粥比名为粥的干饭容易下咽多了。房东大娘把炒过的玉米、小米和豆类碾碎，煮成粥状，也笼统称为粥。下放回来后，大娘还托人带来一小口袋这种粥的原料，试者无不说好。但若吃久了，这些粥都比不上白米粥。只是大米在北方农村不多，米粥也就难得了。

有一阵子以为广东粥很好。记得那年夜游洛杉矶，午夜到一小吃店吃鱼片粥，只那端上来时的热气腾腾便赶走一半夜寒。碗中隐约现出嫩绿的葱花，浅黄的花生碎粒，略一搅动，翻起雪白的鱼片，喝下去不只暖适而且美味。回来每每念及“广东粥”，或外购或内制，总到不了那个水平。这也许和当时的身体情况以及环境有关。

陆游还有一首诗云：“粥香可爱贫方觉，睡味无穷老始知。要识放翁真受用，大冠长剑只成痴。”食粥的根本道理在于自甘淡泊。淡泊才能养生，身体上精神上都一样。所以鱼呀肉的花样粥，总不如白米粥为好。白米粥必须用好米，籼米绝熬不出那香味来。而且必须黏润适度，过稠过稀都不行，还要有适当的小菜佐粥。小菜因人而异，贾母点的是炸野鸡块子，“咸浸浸的好下稀饭”。我则以为用少加香油白糖的桂林腐乳，或以落花生去壳衣，蘸好酱油和粥而食，天下至味。

不知当初东坡食白粥，用的什么小菜。

1992 年元月初

原载《收获》1992 年第 3 期

星期三的晚餐

去年春来时，我正在医院里。看见小花园中的泥土变得湿润，小草这里那里忽然绿了起来，真有说不出的安慰和兴奋。“活着真好。”我悄悄对自己说。

那时每天想的是怎样配合治疗。为补元气，饮食成为一件大事。平常我因太懒，奉行“宁可不吃也不做”的原则。当然别人做了好吃的，我也有兴趣，但自己是懒得动手的。得了病，别人做来我吃，成为天经地义，还唯恐不合口味，做者除了仲和外甥女冯枚，扩及住得近的表弟表妹和多年老友立雕（韦英）夫妇。

立雕是闻一多先生次子，和我同岁。我和他的哥哥立鹤同班，可不知为什么我和闻老二比和闻老大熟得多。立雕知道我的病况后，认下了每星期三的晚餐，把探视的日子留给仲。因为星期三不能探视，就需要花言巧语费尽周折才能进到病房。每次立雕都很有兴致地形容他的胜利。后来我身体渐好，便到楼下去“接饭”。见他提着饭盒沿着通道走来，总要微惊，原来我们都是老人了。

好一碗鸡汤面！油已去得干净，几片翠绿的菜叶，让人看了胃口大开。又一次是煮米粉，不知都放了什么作料，我居然把一碗吃完。立雕还征求意见：“下次想吃什么？”“酿皮子。”我脱口而出，因为知道春华弟妹是陕西人。

“你真会挑！”又笑加一句，“你这人天生的要人侍候。”

又是一个星期三，果然送来了酿皮子。那东西做起来很麻烦，要用特制的盘子盛了面糊，在开水里搅来搅去。味道照例是浓重的。饭盒里还有一个小碟，放了几枚红枣。立雕说这是因为作料里有蒜，餐后吃点枣可以化解蒜味儿，是春华预备的。

我当时想，我若不痊愈，是无天理。

立雕不只拿来晚饭，每次还带些书籍来。多是关于抗战时昆明生活的。一次说起一九四五年一月我们随闻一多先生到石林去玩。闻先生那张口衔烟斗的照片就是在石林附近尾泽小学操场照的。

“说起来，我还没有这张照片呢。”我说。

“洗一张就是了。”果然下次便带来了那照片，比一般常见的大些。闻先生浓眉下双目炯炯有神，正看着我们，烟斗中似有轻烟升起。

闻先生身后有个瘦瘦的小人儿，坐在地上，衣着看不清，头发略长，弯弯的。“呀！”我叫了一声，“这是谁呀？”

素来反应迟钝的仲这次居然一眼看清，虽然他从未见过少年时代的我：“这是谁？这不是我们的病号嘛！”

立雕原来没有注意，这时鉴定认可。我身旁还有一个年轻人，不是立雕，也不是小弟，总是当时的熟人吧。

素来自命清高，不喜照相，人多时便躲到一边去。这回怎么了！我离闻先生不近，却正好照上了，而且在近五十年后才发现。看见自己陪侍闻先生在照片里，觉得十分快乐。

在昆明有一段时间，我们和闻家住隔壁。家门前都有西餐桌面大的一小块土地，都种了豌豆什么的，好掐那嫩叶尖。母亲和闻伯母常站在各自的菜地里交谈。小弟向立鹤学得站立洗脚法，还向我传授。盆放在凳子上，人站在地下，两脚轮流作金鸡独立状，我们就一面洗一面笑。立鹤很有才华，能绘画、善演戏，英语也不错，若是能够充分发挥，应也像三弟立鹏一样是位艺术家。可叹他在一九四六年的灾难中陪同闻先生在鬼门关走了一遭，一九五七年又被错误地批判，并受了处分，经历甚为坎坷，心情长期抑郁不畅。他一九八一年因病去世，似是同辈人中最早离去的。

那次去石林是西南联大学生组织的，请闻先生参加。当时立鹤、立雕兄弟，小弟和我都是联大附中学生，是跟着闻先生去的。先乘火车到路南，再骑一种矮脚马。我们那时都没有棉衣，记得在旷野中迎风骑马，觉得寒气逼人。骑马到尾泽后，住在尾泽小学。以后无论到哪里都是步行了。先赏石林的千姿百态，为那鬼斧神工惊叹不止。再访瀑布大叠水、小叠水。给我印象最深的是尾泽附近的长湖。湖边的石奇巧秀丽，树木品种很多，一片绿影在水中，反照出来，有一种淡淡的幽光。水面非常安详闲适，妩媚极了，我以后再没有见到这样纯真妩媚的湖。一九八〇年回昆明，再去石林，见处处是人为的痕迹，鬼斧神工的感觉淡得多了。没有人提到长湖，我也并不想再去，怕见到那本是不食人间烟火的天真烂漫，也沾惹上市井之气。

这张照片中没有风景，那时大同学组织活动，目的也不在风景。只是我太懵懂了，只记得在操场围成一个大圈子，学阿细跳月。闻先生讲话，大同学朗诵诗、唱歌，内容都不记得了。

一九八〇年曾为闻先生衣冠冢写了一首诗，后半段有这样几句："亲眼见那燃着的烟斗 / 照亮了长湖边的苍茫暮霭 / 我知道这冢内还有它 / 除了衣冠外。"原来照片中不只有它，还有我。

闻先生罹难后，清华不再提供住宅。父母亲邀闻伯母带领孩子们到白米斜街家中居住。我们住后院，闻伯母一家住前院。我常和立雕、小弟三人一道骑车。那时街上车辆不像现在这样拥挤，三人并排而行，也无人干涉。现存有几张当时在北海拍摄的相片，一张是立雕和我在白塔下，我的头发还是和在闻先生背后的那张上一模一样。后来我们迁到清华住了，他们一家经组织安排到了解放区。一晃便是几十年过去了。

在昆明时，教授们为生活所迫，不得不做点能贴补家用的营生。闻先生擅长金石，对美学和古文字又有很高的造诣，这时便镌刻图章，石章每字一千二百元，牙章每字三千元。立雕、立鹤兄弟两人有很好的观摩机会，渐得真传，有时也分担一些。立雕参加革命后长期做宣传工作，一九八八年离休，在家除编辑新编《闻一多全集》的《书信卷》之外，还应邀为浠水闻一多纪念馆设计和编写展览脚本。近期又将着手编闻先生的影集《人民英烈闻一多》。看样子他虽离休了，事情还很多，时间仍是不敷分配。

看来子孙还是非常重要，闻先生不只有子，而且有孙。《闻一多年谱长编》是由立雕之子闻黎明编写的。黎明查找资料很仔细，到昆明看旧报，见到冯爷爷的材料也都摘下。曾寄来蒙自"故居"的照片，问"璞姑"是不是这栋房子。房子不是，但在第三代人心中存有关切，怎不让人感动!

父亲前年去世后，立雕写了情意深重的信。信中除要以他们兄妹四人名义敬献花圈外，还说:"伯父去世是我们国家和人民的重大损失。我永远忘不了在我们最困难的时候，伯父、伯母给我们的关怀、帮助和安慰。我们两家两代人的友谊，是我脑海中永不会消失的美好记忆与回忆。"

从那桌面大的豌豆地，从那长湖上的暮霭，友谊延续着，通过了星期三的晚餐，还在延续着。我虽伶仃，却仍拥有很多。我有知我、爱我的朋友，有众多的堂兄弟姊妹、表兄弟姊妹，还有因上一代友情延续下来的诸家准兄弟姊妹——

比起“文革”间那一次重病的惨淡凄凉，这次生病倒是蛮风光的，怎舍得离开这个世界呢。

活着真好。

1992年3月中写，4月底改

原载香港《大公报》1992年7月15日

猫　家

十月份到南方转了一圈，成功地逃避了气管炎和哮喘——那在去年是发作得极剧烈的。月初回到家里，满眼已是初冬的景色。小径上的落叶厚厚一层，树上倒是光秃秃的了。风庐屋舍依旧，房中父母遗像依旧，我觉得一切似乎平安，和我们离开时差不多。见过了家人以后，觉得还少了什么。少的是家中另外两个成员——两只猫。“媚儿和小花呢？”我和仲同时发问。

回答说，它们出去玩了，吃饭时会回来。午饭之后是晚饭，猫儿还不露面。晚饭后全家在电视机前小坐，照例是少不了两只猫的。媚儿常坐在沙发扶手上，小花则常蹲在地上，若有所思地望着我。我总是和它说话，问它要什么，一天过得好不好。它以打哈欠来回答。有时就试图坐到膝上来，有时则看看门外，那就得给它开门。

可这一天它们不出现。

“小花，小花，快回家！”我开了门灯，站在院中大声召唤。因为有个院子，屋里屋外，猫们来去自由，平常晚上我也常常这样叫它，叫过几分钟后，一个白白圆圆的影子便会从黑暗里浮出来，有时快步跳上台阶，有时走两步停一停，似乎是闹着玩。有时我大开着门它却不进来，忽然跳着抓小飞虫去了，那我就不等它，自己关门。一会儿再去看时，它坐在台阶上，一脸期待的表情，等着开门。

小花被家人认为是我的猫。叫它回家是我的差事，别人叫，它是不理的。仲因为给它洗澡，和它隔阂最深。一次仲叫它回家，越叫它越往外走，走到院子的栅栏门了，忽然回头见我出来站在屋门前，它立刻转身飞箭似的跑到我身旁。没有衡量，没有考虑，只有天大的信任。

对这样的信任我有些歉然，因为有时我也不得不哄骗它，骗它在家等着，等到的是洗澡。可它似乎认定了什么，永不变心，总是坐在我的脚边，或睡在我的椅子上。再叫它，还是高兴地回家。

可是现在，无论怎么叫，只有风从树枝间吹过，好不凄冷。

七十年代初，一只雪白的、蓝眼睛的狮子猫来到我家，我们叫它狮子，它活了五岁，在人来讲，约三十多岁，正在壮年。它是被人用鸟枪打死的。当时它刚生过一窝小猫，好的送人了，只剩一只长毛三色猫，我们便留下了它，叫它花花。花花五岁时生了媚儿，因为好看，没有舍得送人。后来又有一只小猫没有送出。花花活了十岁左右，也是深秋时分，它病了，不肯在家，曾回来有气无力地叫了几声，用它那妩媚温顺的眼光看着人，那就是它的告别了。后来它忽然就不见了。猫不肯死在自己家里，怕给人添麻烦。

孤儿小猫就是小花，它是一只非常敏感、有些神经质的猫，非常注意人的脸色，非常怕生人。它基本上是白猫，头顶、脊背各有一块乌亮的黑，还有尾巴是黑的。尾巴常蓬松地竖起，如一面旗帜，招展得很有表情。它的眼睛略呈绿色，目光中常有一种若有所思的神情。我常常抚摸它，对它说话，觉得它不知什么时候就会回答。若是它忽然开口讲话，我一点不会奇怪。

小花有些狡猾，心眼儿多，还会使坏。一次我不在家，它要仲给它开门，仲不理它，只管自己坐着看书。它忽然纵身跳到仲膝上，极为利落地撒了一泡尿，仲连忙站起时，它已方便完毕，躲到一个角落去了。“连猫都斗不过！”成了一个话柄。

小花也是很勇敢的，有时和邻家的猫小白或小胖打架，背上的毛竖起，发出和小身躯全不相称的吼声。“小花又在保家卫国了。”我们说。它不准邻家的猫践踏草地。猫们的界限是很分明的，邻家的猫儿也不欢迎客人。但是小花和媚儿极为友好地相处，从未有过纠纷。

媚儿比小花大四岁，今年已快九岁，有些老态龙钟了，它浑身雪白，毛极细软柔密，两只耳朵和尾巴是一种娇嫩的黄色。小时可爱极了，所以得一媚儿之名。它不像小花那样敏感，看去有点儿傻乎乎。它曾两次重病，都是仲以极大的耐心带它去小动物门诊，给它打针服药，终得痊愈。两只猫洗澡时都要放声怪叫。媚儿叫时，小花东藏西躲，想逃之夭夭。小花叫时，媚儿不但不逃，反而跑过来，想助一臂之力。其憨厚如此。它们从来都用一个盘子吃饭。小花小时，媚儿常让它先吃。小花长大，就常让媚儿先吃。有时一起吃，也都注意谦让。我不免自夸几句：“不要说郑康成婢能诵毛诗，看看咱们家的猫！”

可它们不见了！两只漂亮的、各具性格的、懂事的猫，你们怎样了？

据说我们离家后几天中，小花在屋里大声叫，所有的柜子都要打开看过。给它开门，又不出去。以后就常在外面，回来的时间少。以后就不见了，带着爱睡觉的媚儿一起不见了。

“到底是哪天不见的？”我们追问。

都说不清，反正好几天没有回来了。我们心里沉沉的，找回的希望很小了。

“小花，小花，快回家！”我的召唤在冷风中，向四面八方散去。

没有回音。

猫其实不仅是供人玩赏的宠物，它对人是有帮助的。我从来没有住过新造的房子。旧房就总有鼠患。在城内迺兹府居住时，老鼠大如半岁的猫，满屋乱窜，实在令人厌恶。抱回一只小猫，就平静多了。风庐中鼠洞很多，鼠们出没自由。如有几个月无猫，它们就会偷粮食，啃书本，坏事做尽。若有猫在，不用费力去捉老鼠，只要坐着，甚至睡着喵呜几声，鼠们就会望风而逃。一次父亲和我还据此讨论了半天“天敌”两字。猫是鼠的天敌，它就有灭鼠的威风！驱逐了鼠的骚扰，面对猫的温柔娇媚，感到平静安详，赏心悦目，这多么好！猫实在是人的可爱而有利的朋友。

小花和媚儿的毛都很长，很光亮。看惯了，偶然见到紧毛猫，总觉得它没穿衣服。但长毛也有麻烦处，它们好像一年四季都在掉毛，又不肯在指定的地点活动，以致家里到处是猫毛。有朋友来，小坐片刻，走时一身都是猫毛，主人不免尴尬。

一周过去了，没有踪影。也许有人看上了它们那身毛皮——亲爱的小花和媚儿，你们究竟遇到了什么！

我们曾将狮子葬在院门内枫树下，它大概早融在春来绿如翠、秋至红如丹的树叶中了。狮子的儿孙们也一代又一代地去了，它们虽没有葬在家内，也各自到了生命的尽头。“前不见古人，后不见来者”，生命只有这么有限的一段，多么短促。我亲眼看见猫儿三代的逝去，是否在冥冥中，也有什么力量在看着我们一代又一代在消逝呢？

1992 年 11 月上旬

原载《美文》1993 年第 1 期

偶　感

在美国流行一个笑话。说是一个家庭有三个孩子，第四个即将出世，三个金发碧眼的孩子对同样金发碧眼的父母说，他们的小弟弟或小妹妹一定是中国人。父母问，怎么会呢？孩子们说，全世界每四个人中就有一个中国人，不是你们说的么！可见中国人口多，给人印象之深。

人口问题的另一方面——人的质量问题，似乎不是那么单一了，这是需要全社会关心的问题。人的质量提高，社会才能进步，也才能从根本上解决控制数量问题。努力的起点在于教育，这是老生常谈。但对教育的重视，我以为还远远不够，还需要天天讲，月月讲，年年讲，不厌其多。《学记》云：“君子如欲化民成俗，其必由学乎！玉不琢，不成器，人不学，不知道……虽有嘉肴，弗食，不知其旨也；虽有至道，弗学，不知其善也。”老祖宗在二千余年前就在呼吁重视教育，重视学习。近贤蔡元培一再说：“改良社会，首在教育。”但实在说，我们在重视教育、通过教育提高人口素质方面还做得很不够。为什么不以申办奥运的精神办教育？我百思不得其解。

文化事业关系到人的精神建树，当然也是国家民族的命脉。现在救救各种文化机构的呼声一片，甚至连我们的堂堂北京图书馆都要自谋出路开拓经济来源。看到孩子们热心地看《新白娘子传奇》这样的电视剧，我真感觉委屈得慌！人类创造了那样丰富崇高的精神，创造了那么多美好的东西，我们的后代只落得以这样的东西充作精神食粮。

近来北京广播电台成立音乐台，令我这个音乐爱好者十分高兴。不料节目单大都为流行音乐占据了，一点点古典音乐还要排在午夜，难道要在人们梦中给以美育！我怀念以前的北京调频台，每周都播出几部歌剧，听者颇不乏人。不知为什么要做现在这样的改革？普及不是迎合，应在提高的指导下；提高也不能脱离群众，要在普及的基础上。“在提高的指导下普及，在普及的基础上提高”这一原则，我想始终是正确的。

愿大家一起为提高民族素质而努力。

1993年8月初

原载《人民日报》1993年8月18日，

编者改题为《教育·文化·人口素质》

《世界文学》和我

《世界文学》，是鲁迅所办《译文》的延续。它即将满四十岁了，可谓正当壮年。四十年来编辑部人员进进出出，人数想来也颇可观。我是其中极平凡的一个。若就我自己的经历来说，简历上会有这么一条：一九六〇年至一九八一年，在《世界文学》工作。二十一年！占我工龄的大半。我和《世界文学》，也算关系不同寻常了。

一九六〇年十月，我从《文艺报》奉调到《世界文学》，任评论组组长。“文革”以后，在作品组帮着看稿。这二十一年间，除去十年动乱，又由于我自己的健康原因，实际工作时间打了大折扣。现在想来，评论和作品两方面，也还有些事可以略费几行笔墨。

六十年代初的《世界文学》正面临一个方向问题。为了革命的步伐，配合世界人民的斗争，刊登了许多亚非拉地区政治性极强的作品，也发表中国作家各种支援、声明等。当时作协党组提出一句话，“不要把《世界文学》办成《人民文学》”，希望多介绍外国优秀作品，在评论方面，则要求介绍古典文艺理论。这可能和当时的大气候有关，也反映了文学界对标语口号的厌恶和求知愿望。

我们组到的第一篇稿子是朱光潜摘译的莱辛著《拉奥孔：论画和诗的界限》。那时朱先生住在燕东园，我骑车去请教。当时冯至先生也住在燕东园，我也曾去讨教。随着时间推移，先生们陆续下世，令人长思风范。而我是车久已不骑，燕东园也久已不去了。

我也常记起长期在《世界文学》工作，现已去世的朱海观、庄寿慈、罗书肆等同志，他们的名字和《世界文学》分不开。

拉奥孔是希腊神话传说中特洛伊国日神庙的祭司，他和两个独生子一起被海神遣来的大蛇绞死。约在公元前五十年，有雕刻表现这一题材，约三十年后，维吉尔把它写入诗篇。诗中表现拉奥孔的痛苦比雕刻表现的强烈得多。为什么这样？乃成为美学家们研讨的题目。莱辛认为雕刻家要表现美而避免丑，不能捕捉激烈的时刻；诗人用文字表现物体丑，因为不通过视觉，使人比较容易接受。以后陆续发表了文艺复兴时代卡斯特尔维屈罗等人的著述，莱辛的《汉堡剧评》等。这些美学见解，当时引起许多人的兴趣，也引起我自己的兴趣，曾对美丑的关系、崇高、滑稽（grotesque）等的内容想过很多。

我们在一九六一年第三期发表了雨果的《克伦威尔序言》。这是一篇文论史上极重要的文章，是浪漫主义运动的宣言。正在列入选题，安排翻译时，得知属于哲学社会科学部文学所的《古典文艺理论译丛》也要发表此文。严格说来，《世界文学》提供的窗口应该使读者看到当前的世界文坛，介绍古典文艺理论正是《译丛》的事。可是我当时非常想把重要的文论都登一遍，便征得领导同意，到文学所找《译丛》负责人蔡仪同志索取这篇稿子。照说这要求毫无道理，蔡仪同志竟宽厚地同意了。我打着得胜鼓回到编辑部，很得意了一阵子。

得意的日子并不久长。不久，大气候又有变化，评论工作转向批评。我因身体不好，经常住在北大家中，工作也不那么努力了。

一九七七年《世界文学》(内部发行)复刊，于一九七八年第三期刊登了萧乾摘译的《彼尔·金特》，我是这一稿件的责任编辑。那几年在作品组看的稿子不少，有时真是看得头晕眼花。在这一段工作中，我以为，最有意义的事就是使《彼尔·金特》先于四川人民出版社版本数年和读者见面了。

五十年代中，萧乾同志曾把《彼尔·金特》英译本送给潘家洵，希望潘先生翻译。七十年代初潘先生托我转回那几本书。看来，我和《彼尔·金特》早有此渊源了。

《彼尔·金特》是一个让人倾倒的剧本，充满了奇妙的想象，美丽的诗句，智慧的思想。具有人妖两重性的彼尔·金特本来的结局是在勺子里给铸造成一粒纽扣，还没有窟窿眼儿！那永远等候的索尔薇格，和中国妇女的坚贞似有相通处。格里格那旋律优美的《索尔维格之歌》浇灌着多少干涸的心！萧乾同志以极流畅的白话传达出诗剧的神韵。我在经手这篇译作时，从作者、译者都学习到了很多很多。我还因此对北欧文学深感兴趣而有一阵子分管北欧。

记得在发稿过程中，和萧乾同志打过好几次电话。那时他家没有电话，我家的电话第二次被拆掉了，都用公用电话。有几次还没说到正题电话就断了，后来萧乾同志总是说:“我们赶快!”在以后的岁月中我常常姑息自己，懒得做事，不知不觉还会想起这四个字:“我们赶快!”

在《世界文学》这一段日子，没有什么功绩，对我自己来说是有收获的。如果不作为工作任务，我大概不会读那些理论文章。如果不是做编辑而是在研究所这么多年，书会读很多，大概很难从书堆里钻出来了。我常说希望自己有三个头，一个搞创作，一个搞研究，一个搞翻译。却从未想过还要一个头来编刊物。其实做一段编辑工作很有好处。何况除了获得知识以外，还有编辑部里里外外的众多故事呢。

那时我有巨大的财富——年轻。于编辑工作之余，还有精力创作。《西湖漫笔》这篇散文是一九六一年七月的几天间，每天清晨六时到八时在办公室写作的。桌上玻璃板下压着一张父亲为我写的墨迹：“莫以善小而不为，莫以恶小而为之。”我写着，看着窗外的天愈来愈亮，心中充满喜悦。一九八〇年写《废墟的召唤》时，已完全不是那种抖擞的状态了。我太累了。一九八一年，我离开了《世界文学》。

以后我并没有忘记《世界文学》，虽然看得少多了。从七十年代后期起，它就不是通向世界文坛的唯一窗口了。但它在许多介绍外国文学的刊物中保持了自己的特色，从未做趋时之举。这是全体编辑人员努力的结果，我想也和它属于外国文学研究所有关。

1993 年 3 月 18 日

原载《世界文学》1993 年第 3 期

京西小巷槐树街

这是一条长不足百米的胡同，两侧皆植槐树，掩映着一个个小宅院。名为槐树街，可谓名副其实。这一带街道，再没有种槐树的，若寻槐树街，认准槐树便是。

可能因为短小，人们说到它时，加之以“儿”——槐树街儿，似乎很亲热。树荫后面人家，经过许多变迁了，门前高台阶大都破旧不堪，双扇院门上的对联字迹模糊，很难辨认。有些双扇门已改为房门一样单扇门了，开在胡同里，有点不伦不类。但那门前歪斜的台阶，门上剥落的字迹，以及两行槐树，仍然像北京的数千条胡同一样，给人一种遥远的、宁静的气氛。

这个居民点总称成府，位于北大和清华之间。以前的燕京和清华，现在的北大和清华，都有教职工住在这里。

一个黄昏，我站在槐树街口，目的是看一看槐树街十号。

找到十号。门洞窄小，房子没有格局，直觉地感到不对。一个人出来说，原来的十号改为九号了，请到隔壁。

隔壁有几层台阶，门扇依然完好，若油漆一下，还是很像样的。经过仔细辨认，认清了门上的字，“中心育物，和气生春”。

我不记得这副对联。

进门向右，穿过一个小夹道，眼前豁然开朗，这是一个真正的四合院，正门朝北，垂花门开在西侧，正房对面建有南房。四面房屋都很整齐，木格窗，正房还有雕花。

院中几个人在闲坐，拿着蒲扇。旁边一棵石榴，正开着火红的花朵。正房前搭葡萄架，翠绿的叶子垂下来。多少年不见这样的院子了！

“这是我的出生地，就在这北房里。”寒暄后说明来意。

他们大概是东厢房的住户，很殷勤，却没有邀我进房去参观。只问：“走了多少年了？出国了吧？”

其实我出生后两个月，随父母迁到清华。转了几十年，并没有转出北大清华这一带，很觉惭愧，只好含糊应了一句。

“我们是北大的职工，这房子属北大，新十号属清华。”他们介绍，“现在这院子住了八家。”

四面房屋前都搭了小棚屋，还停着一辆平板车，上有玻璃罩，写着“米酒”。

“是第二职业了？”我笑问。他们说是邻居的，当然是业余的。

告辞时主人说欢迎常来。我知道我不会常来。

出了门，见斜对过有彩灯一闪一闪，原来是开了一家冷饮小店。记得邻近的蒋家胡同有一间常三酒馆，当年是燕京学生们谈心的好地方，专营海淀莲花白，那酒有的粉红，有的青绿。后来酒馆改为门市部，专营全世界到处买得到的东西。走过时张望了一下，心中诧异，怎么没有听说常三酒馆要重新开张。

走过新建的砖房，简直说不出是什么式样。两墙之间有一条极窄小的胡同，仅容一人行走，通过去不知是哪里。墙上挂着崭新的牌子

"新胡同"，也是名副其实。

一阵清脆的笑声，从新胡同跑出几个女孩子。她们是要跳房子还是跳皮筋？我站住等着。她们不跳什么，笑着跑远了，把笑声留在胡同里。

1993年6月5日

原载《宗璞文集》，华艺出版社，1996年1月

风庐乐忆

清华园乙所曾是我的家。它位于园内一片树林之中。小时候觉得林子深远茂密，绿得无边无涯，走在里面，像是穿过一个梦境。抗战时在昆明，对北平的怀念里，总有这片林子。及至胜利后，再住进乙所，却发现这林子不大，几步便到边界，也没有回忆中的丰富色彩。

复员后的一年夏天，有人在林中播放音乐，大概是所谓的音乐茶座吧。凭窗而立，音乐像是从绿色中涌出来，把乙所包围了，也把我包围了。常听到的有舒伯特的《未完成交响曲》，这是很少的我记得旋律的乐曲之一。还有贝多芬的《田园》，莫扎特的弦乐四重奏，柴可夫斯基的《悲怆》等。每当音乐响起时，小树林似乎扩大了，绿色显得分外滋润，我又有了儿时往一个梦境深处飘去的感觉。

清华音乐室很活跃，学生里音乐爱好者很多。学余乐手颇不乏人，还出了些音乐专业人才。我是不入流的，只是个不大忠实的听众而已。因为自己有的唱片很有限，常和同学一起到美国教授温德先生家听音乐。温德先生教我们英诗和莎士比亚，又深谙古典音乐。他没有家室，以文学和音乐为伴。在他那里听了许多经典名作，用的大都是七十八转唱片。每次换唱片，他都用一个圆形的软刷子把唱片轻刷一遍，同时讲解几句。他不是上课，不想灌输什么。现在大家都不记得他讲什么，却记得他最不喜欢柴可夫斯基，认为柴可夫斯基太感伤。有一次听肖邦，我坐在屋外台阶上，月光透过掩映的花木照下来。我忽然觉得肖邦很有些中国味道。后从《傅雷家书》中得知确实中国人适合弹肖邦。有很长一段时间，我最偏爱肖邦。

以后在风庐里住的约四十年中，听音乐的机会随客观情况的变化而忽少忽多，只是再没有固定的音乐活动了，也没有人义务为大家换唱片了。最后一次见到温德是在北大校医院楼梯口，他当时已一百岁，坐在轮椅上，盖着一条毯子。我忙趋前问候。他用英语说："他们不让我出去！告诉他们，我要出去，到外面去！"我找到护士说情。一位说，下雨呢，他不能出去。又一位说，就是不下雨，也不能去。我只好回来婉转解释，他看住我，眼神十分悲哀。我不忍看，慌忙告别下楼去，一路蒙蒙细雨中，我偏偏仿佛听到柴可夫斯基第六交响曲中那段最哀伤的曲调。温德先生听见了什么，我无法问他。

这几年稳定，便成为愈来愈忠实的听者，海淀这边有音乐会时，常偕外子前往。好几次见满场中只有我两人发染银霜，也不觉得杂在后生群中有什么不妥。有一次中央乐团先演奏一个现代派的名作，休息后演奏贝多芬的第七交响曲，在饱受奇怪音响的磨难之后，觉得第七交响曲真好听！它是这样活泼而和谐，用一句旧话形容，让人全身三万六千个毛孔都通开了。又一次有一位苏联女钢琴家来演奏拉赫玛尼诺夫第二钢琴协奏曲，于是满怀热望到场，谁知她的演奏十分苍白无力。我却也不沮丧，总算当场听过一次了。在海淀听过几次肖斯塔科维奇，发现他是那样深刻，和我们的心灵深处很贴近很贴近。一九九一年严冬，我刚结束差不多一年病榻生活，还曾不顾家人反对，远征到北京音乐厅听莫扎特的安魂曲。记得刚一看见“莫扎特”这几个字，便感到安慰。

严肃音乐不景气，音乐会少多了。要听音乐，当然还是该自己拥有设备。我毫无这方面的志向，只是书已够我对付，够我“恨”了，怎受得了再加上磁带、唱片、CD 什么的。我憧憬的是家徒四壁，想看书到图书馆，想听音乐一按收音机。许多国家有专播古典音乐的电台，我希望我们在这一点能赶上，不必二十四小时，八小时也够了，可不能安排在夜里。

现代音乐理论家黎青主曾说音乐是“上界的语言”，并引马丁·路德的诗句:“谁从事音乐就是有了一份上界的职业。”他自己解释说，意即音乐是灵魂的语言，是灵界的一种世界语言。音乐在诸门艺术中确是最直接诉诸灵魂的，是没有国界的。对“上界的语言”这话，我还想到两层意思:一是可以用来形容音乐的美;另一层意思我用一句话来表达，那就是，能听一点音乐的人有福了。

1993 年月 11 月

原载《爱乐》1994 年创刊号

客有可人

这天天气很好。我想在客厅摆些花。五月初，花不少，插两枝丁香或几朵月季就可以添许多生气。可是似乎到客人来了，花也没有插上。

客人是英国人。一位是多丽丝·莱辛，根据报上的称呼，她是一位文豪。另一位玛格丽特·德拉布尔，则是著名作家。同来的还有德拉布尔的夫婿麦克尔·霍罗尔伊德，是传记文学作家。两位女作家的大名我当然知道，但没有读过她们的书。九年前访英时她们不在伦敦，未曾谋面。这次得知她们要来访我，心下是有几分诧异的。

《中国大百科全书·外国文学卷》中有莱辛小传。她一九一九年生于英属伊朗，童年时全家迁到英属罗得西亚。一九四九年才返回伦敦定居。对祖国来说，她是一个异乡人，一定会有很多不寻常的感受。卷中说，她写作题材广阔，富有社会意义。“西方有的评论家认为，莱辛是当代英国最优秀的女作家，堪与简·奥斯汀和乔治·艾略特媲美。”她的作品有《青草在歌唱》《天狼星的试验》《优秀的恐怖分子》等数十种。在向百科全书讨教之余，我记起有人送过我一本莱辛的短篇小说集《习惯的爱》（抑或《爱的习惯》？），为了领略文风，很想找来翻一翻，但是书籍一入风庐，向来难以寻觅，于是临时的佛脚也没有抱成。

德拉布尔是一位女性文学的现实主义作家，著有《光辉的道路》《自然的好奇》和《象牙之路》三部曲等书。由于文学上的成就，已被封为英国勋爵。她生于一九三九年，一家人都毕业于剑桥大学。我在伦敦时倒是见过她的姐姐安托尼亚·勃雅特，也是一位小说家。她们的妹妹海伦是艺术史家，弟弟理查德是一位法官。关于玛格丽特·德拉布尔的介绍，总是全家出动的。

她们进了院门，从小径上走过来了。莱辛是一位瘦削的小老太太，满头银发。德拉布尔则较高大，看去不像年过半百。英语系教授陶洁陪同前来。她们刚刚在英语系会见学生，讲了英国文学情况。

坐定后献茶。这时莱辛对我说："我不喝印度红茶。"我一愣，顿时想起贾母不喝六安茶的声明，想来这是老年人的情性。当即回答说我这里没有印度红茶，我们喝的是北京花茶。"茶叶用茉莉花熏过的。"陶洁的英语极流利。

茶过三巡，话也说了不少。她们所以来访，原来是因为读了我那篇小说《鲁鲁》（见于《1949—1989 中国最佳短篇小说》）。这书是中国文学出版社编选出版的，前面有李子云序。全书无论从哪方面看都很好，子云的序也很精彩。最令我高兴的是《鲁鲁》的译文，除一些小地方不够准确（谁也难免）外，颇为传神。好几年前，澳大利亚一家出版社出版了一本中国女作家三人集《吹过草原的风》，内有《鲁鲁》，译文较为生硬。有的翻译更看不出原作面貌了。《最佳短篇小说》中《鲁鲁》的译者是克利斯朵夫·司密斯。

她们说她们喜欢动物，也喜欢写动物的作品。奇怪的是她们没有读过屠格涅夫的《木木》。话题转到英国文学，说起哈代。莱辛说她喜欢哈代，最喜欢《无名的裘德》。我想我最喜欢的是《还乡》，其中游苔莎一心向往大城市的心态，现在若重读，定会有新的感受。

她们去过了八达岭。莱辛说那一条路很像意大利（希望我没有记错）。她问我写不写长篇小说，我说写的。她说希望早读到，可得找个好翻译。她的小说《金色笔记》已译成中文，我没有勇气替她看看文笔如何，以前读书读稿一目数十行，随意间就完成，现在数行之后眼睛就发花，想看也看不见了。

话题转向了德拉布尔。我说你们家很像勃朗特姊妹一家，三姊妹都写作，有一个兄弟。她笑起来，说："大家都这么说。可是我们的弟弟比她们的强多了。"勃朗特家的男孩游手好闲，有人请客，常找他陪着说话，类似清客一流人物。说话间，德拉布尔送我一本图文并茂的书《作家的不列颠》，其中有许多作家故居和他们吟咏描写过的景物。莱辛也拿出书来，但并不送我，而是交给陶洁，赠英语系。当然这样读这书的人会多得多，是好办法。两个多月后，莱辛从伦敦寄了书来赠我，书名《伦敦观察》，是一本短篇小说集，内容多为自己成为祖国的异乡人这类感受，正是我关心的。

霍罗尔伊德不只写传记，还做了许多组织工作，曾任英国作家协会主席、英国笔会中心主席。他话不多，显得很谦逊。在座的还有英语系教授陈瑞兰，她翻译了多篇安格斯·威尔逊的小说。客人们希望见她，可能也希望她多译些英国作品吧。

过了几天，数理逻辑专家兼哲学家王浩教授偕夫人哈娜来访。王浩兄留了胡子，须发灰白，若在路上相遇，一定认不得了。他的成就是大家熟悉的，于此不多赘。他们从美国来参加北大校庆，特别是数学系系庆，后在勺园小住。哈娜是捷克人，思路活泼敏捷，说的英语很悦耳。我觉得她很可爱。她说她到北大来，只想见一个人，可惜见不到了，那就是我的父亲——冯友兰先生。人见不到，还可以看看三松，看看遗著，看看我，于是来到三松堂。哈娜说她最喜欢《中国哲学简史》这本书，我们马上互引为同调。我素以为《简史》是一本出神入化的书。写这书时，父亲已有哲学史方面的研究成绩，又创造了自己的哲学体系，两卷本《中国哲学史》和“贞元六书”俱已流传。《简史》将两方面成就融会贯通，深入浅出，内行不觉无味，外行不觉难懂。还有经过卜德教授润饰的英文，可谓清丽流畅。哈娜还喜爱文学，对莱辛、德拉布尔的作品都很熟悉。也说起勃朗特姊妹。人处五洲，肤色各异，可是谈起来都很了解。世界真像个大家庭。

座间还有清华学长唐稚松。他一九四八年到香港，我父亲写信叫他回来，他就回来了。唐兄现任中科院学部委员，一项研究成果获国家自然科学一等奖，为国家人民做出了贡献。除是科学家外，他还是诗人，旧诗格调极高，有“志汇中西归大海，学兼文理求天籁”之句。一九五一年陈寅恪先生曾专函召他赴穗任唐诗助教，可见其造诣。他因另有专长，未能前往。

和王、唐两位谈话，每觉有新趣。他们都是“志汇中西”“学兼文理”的人物，聚在一起，真是难得。遗憾的是，说的话我渐渐不懂了，虽用心听着，还如在五里雾中坐地。

八月下旬，美国女学者欧迪安来访。她是冯学研究专家，最近将几篇研究冯学的论文译成英文，自己写了一篇洋洋洒洒的序，将在美国出版。她极赞赏父亲对郭象的见解，屡次提到。我乃赠以一本冯氏英译《庄子》，其中有一篇专论郭象的文章。她真是大喜过望，如获至宝。她这次要查清冯著每一本书的出版年月，十分认真仔细。有一本书一时找不到，她辗转问过许多人，那晚深夜又问到我这里，经过补充的线索，终于查清。

我还想起另一位女学者，日本的后藤延子。《三松堂全集》中有的文章是她在日本找到的。她也是不肯有一点马虎的，对我们有些学者大而化之的作风频频摇手兼摇头。《三松堂全集》总编纂涂又光曾慨叹道：“若不认真努力，愧对延子。”

坚忍执着，知其不可而为之，本是我民族精神的重要组成部分，现在似乎是要渐渐融化在滔滔商海中了。不要说皓首穷经，就是肯安下心来坐一坐冷板凳的人也愈来愈少了。

然而总有希望。我想起另一位来访者。

七十年代末，大家刚刚可以随意走动，三松堂来了个李姓青年人，年纪不过十八九岁，家在河南某县农村。他来的目的，是谈谈读书。他非常喜欢读书，村里无书，便每天步行数十里路，到地区（似是洛阳）图书馆去读书，回家往往在深夜。我后来根据他的谈话写了童话《星之泪》，写星星为一位好学的年轻人照亮路程。他的读书范围很广，除中国经典书籍外，那时正在读西方启蒙运动时的著作。他很想读狄德罗的《拉摩的侄儿》，却找不到。我发愿若买到一定寄去。我把他的地址姓名的纸条放在砚台里，过了好几年，纸条终于不见了。

那年轻人后来不知读了多少书，又不知走上了哪一条生活之路。我想，在读书做学问的道路上，总会有更年轻的人跟上来的。

1993 年 12 月

原载《光明日报》1993 年 12 月 4 日

药杯里的莫扎特

一间斗室，长不过五步，宽不过三步，这是一个病人的天地。这天地够宽了，若死了，只需要一个盒子。我住在这里，每天第一要事是“烤电”，在一间黑屋子里，听凭医生和技师用铅块摆出阵势，引导放射线通行。是曰“摆位”。听医生们议论着铅块该往上一点或往下一点，便总觉得自己不大像个人，而像是什么物件。

精神渐好一些时，安排了第二要事：听音乐。我素好音乐，喜欢听，也喜欢唱，但总未能登堂入室。唱起来以跑调为能事，常被家人讥笑。好在这些年唱不动了，大家落得耳根清净。听起来耳朵又不高明，一支曲子，听好几遍也不一定记住，和我早年读书时的过目不忘差得远了。但我却是忠实，若哪天不听一点音乐，就似乎少了些什么。在病室里，两盘莫扎特音乐的磁带是我亲密的朋友，使我忘记种种不适，忘记孤独，甚至觉得斗室中天地很宽，生活很美好。

三小时的音乐包括三个最后的交响乐《第三十九交响曲》《第四十交响曲》《第四十一交响曲》，还有钢琴协奏曲、提琴协奏曲、单簧管协奏曲等的片段。《第四十交响曲》的开始，像一双灵巧的手，轻拭着听者心上的尘垢，然后给你和着淡淡哀愁的温柔。《第四十一交响曲》素以宏伟著称，我却在乐曲中听出一些洒脱来。他所有的音乐都在说，你会好的。

会吗？将来的事谁也难说。不过除了这疗那疗以外，我还有音乐。它给我安慰，给我支持。

终于出院了，回到离开了几个月的家中，坐下来，便要求听一听音响，那声音到底和用耳机是不同的。莫扎特《第二十一钢琴协奏曲》的第二乐章，提琴组齐奏的那一段悠长美妙的旋律简直像从天外飘落。我觉得自己似乎已溶化在乐曲间，不知身在何处。第二乐章快结尾时，一段简单的下行的乐音，似乎有些不得已，却又是十分明亮，带着春水春山的妩媚，把整个世界都浸透了。没有人真的听见过仙乐，我想莫扎特的音乐胜过仙乐。

别的乐圣们的音乐也很了不起，但都是人间的音乐。贝多芬当然伟大，他把人间的情与理都占尽了，于感动震撼之余，有时会觉得太沉重。好几个朋友都说，在遭遇到不幸时，柴可夫斯基是不能听的，本来就难过，再多些伤心又何必呢。莫扎特可以说是超越了人间的痛苦和烦恼，给人的是几乎透明的纯净，充满了灵气和仙气，用欢乐、快乐的字眼不足以表达。他的音乐是诉诸心灵的，有着无比的真挚和天真烂漫，是蕴藏着信心和希望的对生命的讴歌。

在死亡的门槛边打过来回的人会格外欣赏莫扎特，膜拜莫扎特。他自己受了那么多苦，但他的精神一点没有委顿。他贫病交加，以致穷死、饿死，而他的音乐始终这样丰满辉煌，他把人间的苦难踏在脚下，用音乐的甘霖润泽着所有病痛的身躯和病痛的心灵。他的音乐是真正的“上界的语言”。

虽然时代不同，文化背景不同，专业不同，莫扎特在音乐领域中全能冠军的地位有些像我国文坛上的苏东坡。莫扎特在短促的人生旅程中写出了交响乐、协奏曲、独奏曲、歌剧等许多伟大作品。音乐创作中几乎什么都和他有关，近来还考证出他是摇滚乐的祖师爷。苏东坡在宦游之余写出了诗词文赋等各种体裁的作品，始终是未经册封的文坛盟主。他们都带有仙气，所以后人称东坡为坡仙，传说中八仙过海时来了九朵莲花，第九朵是接东坡的，但他没有去。莫扎特生活在十八世纪，世界已经脱离了传说，也少有想象的光彩了，我却愿意称他为“莫仙”。就个人生活来说，东坡晚年屡遭贬谪直到蛮荒之地。但在他流放的过程中，始终有家人陪伴，侍妾王朝云为侍奉他而埋骨惠州。莫扎特不同，重病时也没有家人的关心，但是他不孤独，他有音乐。（比较起来，中国女子多么伟大！）

回家以后的日子里，主要内容仍是服药。最兴师动众且大张旗鼓的是服中药。我手捧药杯喝那苦汁时，下药（不是下酒）的是音乐。似乎边听音乐边服药，药的苦味也轻多了。听的曲目较广，贝多芬、柴可夫斯基、肖邦、拉赫玛尼诺夫等，还有各种歌剧，都曾助我一口（不是一臂）之力。便是服药中听勃拉姆斯，发现他的《第一交响曲》很好听。但听得最多的，还是莫扎特。

热气从药杯里冉冉升起，音乐在房间里回绕。面对伟大的艺术创造者们，我心中充满了感激。我觉得自己真是幸运而有福气，生在这样美好的艺术已经完成之后——而且，在我对时间有了一点自主权时，还没有完全变成聋子。

1994 年 1 月

原载《音乐爱好者》1994 年 1 月号

祈祷和平

世上有些事如过眼云烟，在记忆中想留也留不住。有些事如高山大川定在生命之中，想绕也绕不开。该忘记的事很多，不能忘记的事很少，至于永远不能忘记的，则少之又少了。可是它是那样巨大，那样浓重，人遇上了，便是一辈子的事。

八年抗日战争的苦和恨是渗透在我们全民族的血液中的。我没有直接参加过战争，战争的阴影覆盖了我的少年时代。我想，一个人经历过战争和没有经历过，是很不一样的。在成长时期经历和已是成人时经历，也很不一样。

八年抗战，七年在昆明。其中四年几乎天天要对付空袭。轰炸，是我少年时代的音乐；跑警报，是我少年时代的运动。

人已渐老，过去的朋友、同学稍有暇相聚。几个中学同学叙旧时，回忆起那段日子。一个说，最初听见警报响，腿都软了，明知该跟着大人走，就是迈不开步，后来渐渐习惯。看来人什么都能习惯。一个说，当时我们的高射炮火力太弱了，敌机低飞投弹，连驾驶员都可以清楚看见，我看见敌人在笑！真的，刽子手在笑！一个说，因为飞得低，他们用机枪扫射地上的无辜百姓，瞄准了扫射，肆无忌惮地扫射，笑着扫射！

我们相望着，我们怎能忘记！我们永远不能忘记！

当时后方各大城市无不遭受惨毒的轰炸，比较说来，昆明受到的轰炸还不算太凶狠。我想这和当时敌人的力量有关。如果日本帝国主义有能力，它会把炸弹从早到晚倾泻在美丽的昆明坝。昆明在轰炸中遇难的人数我不清楚。记得一九三九年有一次激烈的空袭，只那一次便有百人之多，西南联大有数名学生遇难。他们辗转逃难，前来求学，却化作他乡之鬼。设于西仓坡的清华大学办事处后园曾中弹，一名老校工当场死去。那园中有几株蜡梅树，我不知是否把他葬在了蜡梅树下。

那时轰炸目标不只是城市，连郊外田野也是目标。因为田野上有人，因为侵略者想杀人！南京大屠杀还不过瘾，对零星的人群也不放过。

我原籍河南唐河县。冯氏是大族，有许多认不得的本家。同曾祖的兄弟姐妹，男十六人，女十六人。我行九，人称九姐九妹九姑九姨。和我年龄相仿的八姐、十妹，便在一次轰炸中丧生。当时十二弟和她们在一起，正走过田野，要到树林中去躲藏，他摔了一跤，慢了几步。敌机忽然到头顶，追逐着人群，用机枪扫射！他亲眼见她们和别的乡民们一起倒下来，倒在血泊中，离他不过五十米；亲眼见族人们把她们抬到小河岸上，亲眼见她们的父亲（弄不清是几伯几叔）守着她们，直到天黑。

我从来没有见过她们，她们当时大概也只有十来岁。知道这一消息时，我忽然觉得前后都空落落的。我这个“九”还在人间，“八”和“十”都被杀死了，杀死在自己家门外的土地上！

我们怎能忘记！我们永远不能忘记！除了轰炸，八年中最大的威胁是疾病。那时患病当然不是“丫鬟扶着到阶下看秋海棠”的情景。疾病给人的折磨是残酷的，患病的日子是难熬的。生病而缺医少药，营养差，休息不够，便敌不过病魔，退却了；再要翻身，又需要更多的时日。俗话说“贫病交加”，其状极惨。我们还不能说是到了这一步。我们不是孤立无援的，有父亲工作的学校，有同事，有朋友，有云南老百姓。我们还有一定要胜利的精神力量，为国家、为民族，也为了每一个自己，我们不能死！

我们活着，亲眼见到了抗日战争的胜利。

一九八一年我应邀访问澳大利亚，在墨尔本，正遇见二战老兵游行，纪念反法西斯战争的胜利，那一年并不是逢五逢十。他们和儿子、孙子一起，有的骑马，有的步行，精神抖擞。我又看见许多地方都立有纪念碑，写着“不要忘记”。回来后，我写一篇文章，题目是《不要忘记》。中国人已经忘记得太多了。

待到记忆之井全部干涸，是追悔无及的。我们有责任把我们的记忆留给后人。

每一年七八月间，我都有一个念头，举行一次烛光晚会，继之以游行，以悼念在抗日战争中英勇牺牲的抗日战士，悼念惨遭日本帝国主义杀戮和在苦难中丧生的我无辜同胞，以及全世界为和平献身的人们。

到时候我可能走不动了，便是坐轮椅，我也要去参加。

为了和平，为了未来。

写下以上的文字时，老实说，我心中充满了悲痛，仇恨占的地位不多。我愿意相信古代哲学家张载的话“仇必和而解”，人民之间永远是友好的。我曾经在飞机上看见云雾堆拥的富士山，心想那里一定是极美的地方，住在那里的，一定是善良的、和我们相互了解的民族。

在富士山下，有川端康成的小说，有东山魁夷的画……

六十年代初，日本女作家深尾须磨子来访，中国作家协会派我陪同。深尾二十七岁寡居，三十年过去了，她见到铁路员工的制服时，向我介绍，她的丈夫是在铁路做事的。她的深情令我感动。八十年代，近代史研究者后藤延子治学的认真态度，令我敬重。《三松堂自序》日译者吾妻重二汉学造诣很深，与老学者合影时，双手放在膝上，一种发自内心的恭敬态度为我国学子所不及。九十年代，一位退休的内藤佼子女士看到《花城》上刘心武的文章，其中写到我和我院中的丁香花，乃要求北大日本学专家张光珮带她来访。她手持这本杂志，要看看我和丁香花。我当然是随便看的，可惜当时早过了丁香开花的季节。她说见到人是最要紧的，没有花，看看树也是好的。

日本人民在战争中也遭受到苦难。最令人发指的是日本慰安妇。中国、韩国的慰安妇是被迫的，这笔血泪债一定要清算！而日本慰安妇有一部分是自愿的，其中有学生、教师、工人等。她们于服务后要向士兵说一句“拜托了”，拜托他们去侵略去屠杀！她们不只身体受蹂躏，灵魂受到戕害的程度更无以复加。我真要为此闭门痛哭！

日本人民和全世界人民的利益是一致的。我绝对拥护禁止原子弹。今年四月间中央电视台《焦点访谈》播放了反对原子弹的报道。一开始便是广岛上空的蘑菇云，却没有指出那两颗原子弹为什么投下。我要大声说，那是为了制止兽行，为了加速结束侵略战争，那是为正义而投下！是的，日本人民因此受到了苦难，我们当然同情，但应该对此负责的不是正义的一方，而是日本军国主义。日本人民应和我们一起向日本军国主义讨还丧失的一切！在咀嚼原子弹带来的灾祸时，想一想中国人民吧，想一想中国和亚洲老百姓那些年惨绝人寰的遭遇！

德国领导人主动否定侵略战争，瑞士领导人曾为在战争中拒绝犹太人入境而公开道歉，这说明历史向着和平与光明发展。但是六月六日的日本国会决议案却含糊其词，连道歉、悔过的字样都没有。这不能不让人感到战争的阴影还在，空袭的警报声、敌机声、轰炸声还如梦魇般压在我们身上。这些会唤起积淀在千百万中国人和亚洲人心中的愤慨，其力量大过蘑菇云！

我希望举行烛光晚会时，日本朋友也来参加。我们都爱和平，让我们一起祈祷和平。

为了和平，为了未来。

1995 年 6 月

原载《人民日报（海外版）》1995 年 7 月 10 日

下放追记

那是冬天，我们坐着大车慢慢地走近村庄，但路旁的果树还很茂密。不远处的桑干河水结了冰，如一条发亮的银带，蜿蜒远去。我们进了这个村子，住下来，开始下放锻炼。

村名温泉屯，属河北省涿鹿县。涿鹿县后来和怀来县合并，后来听说又分开，不知现在到底是什么地名。不过温泉屯始终在桑干河畔，没有移动。我在那里的一段生活，和我一生中的其他岁月大不相同。

记得下放回来以后，我曾想写一点文字。当时写了一篇短文，题目是《第七瓶开水》，写我的房东老大娘，在我到别的村子去的日子里，每天为我换新的开水，换到第七瓶，我才回来。原稿的第一句话是“天下的母亲都是慈爱的”，写下来一看，不对，这不是人性论的说法吗？赶快删去！那时处在一个随时随地要进行思想改造的地位，而且认为这是自己的责任，自己随时把头上的紧箍再按按紧，这样也就把想说的话按了回去。写出的文章不可读，所以也就不写。现在看来，往事如同发黄了的旧照片，只有一片模糊。不过有些画面反而分明，因为看到了它的来龙去脉，把它烘托得明朗了。

我们下去的时候，还在“大跃进”运动中，家家户户吃食堂。报上不停地宣传食堂的优越性，而我们在村庄里看到的是男女老少捧着碗、排着队等那一口吃食。尤其是老人和小孩，站不动了也要排着，看了让人心酸。问食堂好不好，他们不敢说，只是苦笑。我曾想给中央写信，但是我没有足够的勇气。赵树理同志是写了信的，后来受到批判。那次批判我也参加了，赵树理检查说：“是我自己没有学习好理论，没有听党的话。”我听了十分难过，但是我还是没有勇气站出来说：他是对的。

我们跟着村民一起夜战，挖大渠、修水库。我们和村干部一起做报表，报告一个麦穗上有几粒麦子。无论怎么样日以继夜地拼命，达到谎话连篇的报表数字是不可能的。村民很朴实，村干部中也没有什么品质特别恶劣的人，但是假话成了一种正常现象，假话成了真的，真话倒被认为是假的。如果没有亲到农村，我可能也要积极参加反“右倾”运动，用假话批判真话。幸而我有这个机会看到书斋以外的世界。

下放生活中充满了政治。我们经常开小组会，谈心得体会，进行批评和自我批评。一位同志新婚不久难免想家，因私自回京受到批判，现在想来真是不近人情。然而在以阶级斗争为生活主线的年代，“人情”是划给了资产阶级、小资产阶级的。每期下放中间要整风，必须找出批判对象，人人都可能摊上这一身份，生性谨慎些的人索性事事汇报，自己不负任何责任。后来我想，这也是由于社会原因产生的一种生活方式，完全丧失了自我，甚至是自觉自愿的。

除下放干部内部经常斗争外，农村的各种运动没有消停。要走社会主义道路，要巩固公社，就得斗争。这时候被整的多是社员。到我们回京后，在全国的大饥馑中，便是查抄村干部的家了，翻箱倒柜，看他们有没有私藏粮食，哪里有一点对人的起码尊重！我没有赶上参加这种查抄，暗地有些庆幸。

在下放中，我体会到生活比较原始的面貌。我们周围再没有墙壁，我们和天空、田野，和收获的喜悦、灾难的伤痛都离得很近。那一年夏天，桑干河泛滥，平时安静徐缓的河水，忽然变得面目狰狞，从远处咆哮而来。我们和村民一起运沙袋、搬石头，后来大家把所有的棉被都拿到堤上去了。河水里不断漂下来破门破窗和破烂的家什，还有大牲口的尸体。我们在堤上守望，随时有灭顶之灾，没有谁想到走开，也不觉得怕。村里似乎也没有组织疏散，就这样和洪水对峙，总有两三天光景。最后是人定胜天，战胜了洪水。有一次，在从当时公社所在地五堡到温泉屯的路上遇见大雷雨，土路很快成了泥潭，拔不出脚来，到后来只好手足并用。大野茫茫，每一个闪电都像劈在自己头上，我和两个村干部就这样一路跌跤，到村后都成了泥人儿。远远望见自己的村庄时，真觉得房屋是太可爱了。进了家门，我没有忘记说一句，这真是经风雨，见世面了。

我们参加劳动，冬末春初，为准备春耕平整土地。人们用锄或锹把土块打碎，是为“打土坷垃”。这是力气活，很累人。我喜欢绑葡萄这活计。用马莲叶子把碧绿细嫩的葡萄须绑在架子上，看它们经过人们调理服服帖帖有规有矩，一架架葡萄排下去，像趴伏在地上的一队队小兽，觉得自己帮助了它们，感到劳动的意义。

温泉村果树多，尤其多的是杏和香果，北京人称香果为“虎拉车”，不知是否这几个字。春来花如海，一片粉白，香气飘得很远。我们在果园的活是打药。没有任何防护，杀虫药的气味很难闻。我总是告诫自己不可畏缩，这就是改造。

公社希望我们写一本公社史，我曾和好几位参加过各种工作的人谈话，给我印象最深的是他们总是记得哪年哪月吃过什么样的饭。一位当时跑交通的农民说，他曾翻越几重山送一件急信。他说，头一天在一个村里吃的格仁粥，即玉米磨碎煮成干饭，第二天在一个村里吃的是绿豆小米干饭，那对他是盛宴，说起来似仍在咂摸那饭的滋味。温泉屯的支书不合原则地怀念解放前的日子，说那时村里小铺卖的油饼真好吃，现在没有了。在六十年代的饥饿中，我对他们记忆的重点稍有体会。千千万万的农民种出粮食养活大家，可是对他们来说，饥饿的威胁并没有远离。

下放一年，我是有收获的，曾想，学生如能在假期到农村去几个月，亲近农民——那毕竟是中国人的大多数，会更好地了解自己的国家，也更懂得我们的历史，只是，那些政治斗争可以免去。

1996 年 5 月

原载《宗璞影记》，河北教育出版社，1998 年 9 月

一九六六年夏秋之交的某一天

本来以为有些事是永不会忘记的。许多年过去了，回想起来，竟然不只少了当时那种泉喷潮涌的感情，事情也渐渐模糊了。写这文章，原拟以六六年某月某日为题的，自己记不得，便去问人。有人说，往事不堪回首，不愿再触动心灵的创伤；有人说，当时连一个字也不敢写，如何记得。于是只好用这样冗长的一个题目。

不是为了忘却，却渐渐要忘却了，不免惊恐。

文字，能捕捉多少当时的情景？

一九六六年夏秋之交，“文化大革命”已开始约三个月了。当时的人，分为革命群众和“牛鬼蛇神”两大阵营，革命群众斗人，“牛鬼蛇神”被斗。斗人的人为了提高斗争技术，各单位间互相串连观摩，钻研怎样把“牛鬼蛇神”斗倒斗臭斗垮，就像钻研某种技术，要有发明创造一样。这年春天，我曾在卞之琳先生指导下读一些卡夫卡的作品，被斗时便常想卡君的小说《在流放地》，那杀人机器也是经过精心钻研制成的。

当时的哲学社会科学部大概是仅次于北大清华的“文革”先进单位，每天来看大字报的人如赶集一般。院中一个大席棚，是练兵习武之所，常常有斗争会。各研究所的“牛鬼蛇神”，除在本所被斗外，还常被揪到席棚中，接受批判和喷气式等简易刑法。

那时两派已兴，两派都去找中央领导同志做靠山。一次在一张小字报上看见一派访某领导同志的记录。那位领导说，你们是学部的？你们都是研究什么的？我为这句话暗自笑了半天。“你们都是研究什么的？”我在心中回答：“杀人！都是研究杀人的！”这样想，是因我是斗争对象；若属于相反的那一类，大概我也会“研究”，因为那是任务。

斗争形式不断发展，这也是研究的结果罢。一九六六年夏秋之交的某一天，文学研究所主办了一次批判何其芳的大会，学部大部分“牛鬼蛇神”出席陪斗。

大会在吉祥剧院举行。头一天发票，票不敷发，有的难友没有得到。会后才知，不让参加，实在是很大的“照顾”和“保护”。

那天很热。记得我穿着短袖衬衫，坐在剧场的左后方。场中人很快坐满，除了学部的群众，还有北大、作协的人来取经助阵。

不记得哪位主持会。不记得也好。

何其芳在几位革命者的押解下，走出台来，垂头站在台上。他身穿七零八落的纸衣，手持一面木牌，牌上大书三个黑字：何其臭！

“打倒何其芳！”“把无产阶级革命进行到底！”声势吓人。

何其芳开始检讨。没有说几句，便有人按头。总嫌他弯腰不够深，直把他按得跪在地下。他努力挣扎，都起不来。

“我有错，我有错——”他的四川话在剧场（应该说是刑场）中颤抖。

“何其臭”的牌子掉了，他爬着捡起来，仍跪在地下。

直到现在，我认为，还是没有一篇研究《红楼梦》的文章超过其芳同志的那一篇。直到现在，中、外两个文学研究所的工作人员仍在怀念他的领导与教诲。而那美丽的《画梦录》，又是怎样地感染着我啊！

这样的人，跪在地下！把学术研究、文学创作和组织工作才能集于一身的人跪在地下！

他不停地在说，我有错，我有错！

“文革”开始时，便在批判何其芳了。开过好几次所谓的党员大会，吸收群众参加。他似乎不了解自己的处境（当时谁又了解自己的处境！），仍在据理力争，滔滔而辩。有一个系背带的瘦高个儿，把他推搡了几次。我当时坐在门边，和一位以温良恭俭让著称的同事小声议论：“为什么推人？太不尊重人了！我们站起来说！”但我们没有站起来说。我们腼腆，不习惯当众讲话，我们太怯懦！那位同事还说，得学着说话辩论，不然被坏人掌了权怎么办！其实真理不是愈辩愈明，理早铸好了，铸成一个个通红的罪名，不断地烫在人脸上！

两位陪斗者被推了上来，俞平伯和余冠英。他们也穿着纸做的戏衣，头上还戴着有翅的纸纱帽，脚步踉跄，站立不稳，立刻成为声震屋瓦的口号打倒的对象。

剧场左门出现骚动。“打倒邵荃麟！”几个人高喊。他们押着瘦骨嶙峋的荃麟走上台去。荃麟因“中间人物论”获罪后，不再任作协领导，调到外文所任研究员，但仍在作协接受批判。学部开大会，捉他来斗，自是应该。

好像有几个批判发言，我相信绝大多数出于革命热情。发言者声嘶力竭地叫喊一番，喊过了，仍让何其芳检讨。

其芳同志仍跪着，声音断断续续，提到对《红楼梦》的看法，也算一大罪行。“站起来说！”有人喝叫。待他勉强站起来，又扑上去几个汉子，按头折臂，直按到他又跪下。

让他站起，是为了按他跪下！

这样几次。又把另外几位折腾一阵，似乎不新鲜了，便呼叫大批陪斗的人。

“冯至！”冯先生上了台。外文所一次批斗会后，曾让“对象”们鸣锣绕圈，冯至打头，我在最后。看来愈绕处境愈惨，是永远绕不出去了。

“贾芝！”一人一手按头，一手扭住手臂。他坐着“喷气式”上了台。

剧场中杀气腾腾，口号声此起彼落。在这一片喧闹下面，我感到极深的沉默，血淋淋的沉默。

很快满台黑压压一片，他们都戴上纸糊高帽，写着是哪一种罪人。比起戴痰盂尿罐的，毕竟文明多了。

学术权威大都叫过后，叫到一些科室负责人和被认为是铁杆老保的人。“牟怀真！”这是外文所图书室主任，一位胖胖的大姐。

忽然一个造反派看见了我。

“冯锺璞！”他大叫。

我不等第二声，起身跑上前去。我怕人碰我，尽量弯着身子，像一条虫。上了台，发现天幕后摆着剩下的几顶高帽子，没有我的。事先没想到叫我。

“快糊！”有人低声说。

有人把我们挨个儿认真按了一遍。我只有一个念头，尽量弯得合格，尽量把自己缩小。

过了些时，眼前的许多脚慢慢移动起来。“牛鬼蛇神”们排着队到麦克风前自报家门，便可下台了。

我听见许多熟悉的声音，声音都很平静。

轮到我了。我不知道自己的罪名到底是什么。那时把学不够深、位不够高而又欲加之罪的人，称作三反分子。三反者，反党、反社会主义、反毛泽东思想是也。我走到麦克风前如此报了名。台下好几个人叫："看看你的帽子！"我取下帽子，见白纸黑字，写着"冯友兰的女儿"。

冯友兰的女儿又说明什么呢？

我积极地自加形容词："反动学术权威冯友兰的女儿。"台下不再嚷叫。这女儿的身份原来比三反分子更重要。

下台时没有折磨。台上剩的人不多了，仍吸引着人们注意。我从太平门出来，发现世界很亮。

我居然有了思想，庆幸自己不是生在明朝。若在明朝，岂不要经官发卖！这样想着，眼前的东华门大街在熙熙攘攘下面透出血淋淋的沉默。

"冯锺璞！"怯怯的声音，原来是荃麟在叫我。他在北河沿口上转。"顶银胡同在哪里？我找不到。"顶银胡同某号是作协的监房，他要回监去。

"荃麟同志！"我低声说，"你身体好吗？"他脸上有一个笑容，看去很平静，望着我似乎想说什么，说出来的仍是"顶银胡同在哪里"。

我引他走了十几步，指给他方向，看着他那好像随时要摔倒的身影，混进人群中去了。

我不只继承了"反动"的血液，也和众多"反动"人物有着各种各样的联系。他们看着我长大。荃麟卸职前，总是鼓励我写作，并为我向《世界文学》请过创作假。

而这些敬爱的师长，连同我的父亲和我自己，一个个都成了十恶不赦的罪人！

我慢慢走回当时的住所，迺兹府二十七号。那里不成为“家”，因为只有我一个人。小院里有两间北房，两间东房，院中长满莫名其妙的植物，森森然伴着我。

坐下休息了一阵，思想渐渐集中，想着一个问题，那便是：要不要自杀？

这么多学术精英站在一个台上，被人肆意凌辱！而这一切，是在革命的口号下进行的。这世界，以后还不知怎样荒谬，怎样灭绝人性！我不愿看见明天，也不忍看见明天。就我自己来说，为了不受人格侮辱，不让人推来搡去，自杀也是唯一的路。

如果当时手边有安眠药，大概我早已静静地睡去了。但我没有。操刀动剪上吊投河太可怕。我愿意平平静静，不动声色。忽然那“冯友兰的女儿”的纸帽在眼前晃了一下，我悚然而惊。年迈的父母已处在死亡的边缘，难道我再来推上一把，使亲者痛，仇者快？我不知道仇者是谁，却似乎面对了他：偏活着！绝不死！

过了明天，还有后天呢。

整个小院塞满了寂静。黑夜逼近来了。我没有开灯便睡了。先睡再说。我太累了。

睡了不知多少时候，忽然惊醒。房间里所有的灯都亮了。三盏灯，大灯、台灯、床头灯。我坐起来，本能地下床，一一关了。隔窗忽见东房的灯也亮着。

我毫不迟疑，开门走过黑黝黝的小院，进到东房。这里也是三个灯，大放光明。我也一一关了，回到北房。开灯看钟，两点二十五分，正是夜深时候。

关灯坐了一会儿，看它是否再亮。它们本分地黑着，我便睡了。奇怪的是，我一点也不害怕，睡眠来得很容易。

我活着，随即得了一场重病。偏偏没有死。

许多许多人去世了。我还活着，记下了一九六六年夏秋之交的这一天。

1989 年 4 月

原载《宗璞散文选集》，百花文艺出版社，1993 年 12 月

小议十二生肖

牛年将尽，虎年在望。旧月历只剩下薄薄一张纸，下面已有大红封面的百虎图新历在等着了。

不知道世界上还有哪些国家有这种把每一年交给一种动物的习惯。似乎是有几个，其重视的程度我不清楚。在我们国家，十二生肖真是深入人心。谈到年龄，一般老百姓只说生年月日是不够的，必须说是属什么的，才算踏实。这些年国际往来多了，遇到外国朋友，议论到年龄时，也要替他算一算他是属鸡还是属猴，属猪还是属狗。到了自己所属生肖的那一年，称为本命年，在人们心目中，这一年对于属主是不吉利的，要弄点红腰带红衬衫什么的来禳一禳。我原来不明白，本命年是属于属主的，应该是好事，为什么会不吉利呢？后来琢磨出，可能是这样一种心理：你本来是一只羊或一只兔，到了本命年，就该回到自己的本来面目，不再作人形了。这实在很可怕。又因羊性驯良，据说属羊的命都不好，羊年的出生率大大低于其他各年。把自己这样和生肖密切联系起来，是否可以说明中国人的精神中有着一种和自然界密不可分的关系链，人本是自然界的一员，人和各种动物是兄弟的关系，用深奥一点的词，就是“万物与我合一”吧。

看一看十二生肖，一半是家畜，即《三字经》上说的马牛羊鸡犬猪。还有五位，鼠虎兔蛇猴，这不是家畜，也是常见的。只有一个虚拟的动物，就是龙。家畜是人所饲养的，是为人服务的，对人有帮助，和人有感情。那另外五种，和人的关系比较复杂。如虎，是伤人的，可是它在人们印象中，有威壮勇猛的一面。如“虎虎有生气”“将门虎子”等等说法，说明它的形象相当美好。兔和猴虽然没有被列为家畜，但似乎也是人的朋友。只有鼠和蛇，是人们厌恶的生物，鼠是人的大敌，年年灭鼠灭不尽，“老鼠过街人人喊打”，粮食不知被它偷去多少，衣服不知被它损坏多少。我就实在想不通，怎么会把鼠列入十二生肖？曾和友人讨论这一问题，据猜测说，是因鼠的生殖力强，为古人所羡慕，所以把它列为十二生肖之首。若真是这样，现在我们提倡节制生育，就大可不必羡慕它了。至于蛇，形象极不可观，人每称害人之心为蛇蝎之心，尽管在自然界生物链中，它也起着一定的作用。从远古来讲，人和蛇的关系似乎较密切，曾在澳大利亚一个岩洞里看见很久很久以前各种各样蛇的画，那一部落的人到现在还认为蛇是他们的祖先。其实龙的形象就是蛇图腾的一种表现，我们祖先发挥了想象力，才有了龙这种生物。人们使它脱离了爬行的可怜状况，飞上天空腾云驾雾，又赋予它极高贵的身份，可见人的本事多么大。但是蛇还免不了攀附，当人问你属什么，回答属龙时，就还要问一句，属大龙还是小龙。大龙是龙，小龙就是蛇。我想，鼠是人的敌人，蛇又已经有龙来代表，形象又不可爱，这两种动物可以从十二生肖中淘汰。

我有这样的想法已很久，也常常在发议论。自知已形成的习俗是难以改变的，但是有一句名言说，如果几何学触犯了人的利益，人也要改变它。那就姑且胆大包天说一说自己的设想：我建议用别的动物代替鼠和蛇。本来用猫代替鼠最为方便，也好为猫出一口恶气。但猫、虎同科，样子也像虎，有了虎，就不必再用猫了。现在想到的有这样几种，一是骆驼，它的好品质是人所共知的。一是鹤，十二生肖中禽类只有鸡，加一个来做伴，似无不可。但是鹤不常见，又曾被封为大夫，或有脱离群众之嫌。还有一个是鹿，近来接到的贺年片中，有一张是双鹿拉雪车，十分悦目。鹿本来浑身都是宝，也有被人饲养的历史。另外想到的还有大象等。好动物多得很，何必要鼠和蛇！

关于十二生肖，可研究的很多，如这种生肖制始于何时，中间有无变化等等。我只是凭直觉提出这几种动物，它们是否可作为候选人进入十二生肖？用什么办法才能做到？是否可能有一次全民公决？我就不知道了。

1997年12月8日写，31日改定

原载《新民晚报》1998年1月17日

谁是主人翁

中华锦绣江山谁是主人翁？我们四万万同胞！快一致永久抵抗将仇报。家可破，国须保；身可杀，志不挠。一心一力团结牢，努力杀敌誓不饶！

旗正飘飘，马正萧萧，枪在肩，刀在腰，热血，热血似狂潮。旗正飘飘，马正萧萧，好男儿，好男儿，报国在今朝。

这两首抗日歌曲，前一首《抗敌歌》，后一首《旗正飘飘》，都是黄自作曲，黄自、韦瀚章作词。这是我在西南联大附中上学时，附中合唱团常唱的两首歌，也是我印象最深的两首歌。《抗敌歌》先由男低音发问："中华锦绣江山谁是主人翁？"大家一起回答："我们四万万同胞！"我们"家可破，国须保；身可杀，志不挠"。后两句音调很高，大家都用力地唱，用心地唱，像在发出一个大誓愿。《旗正飘飘》唱时真觉得枪在肩，刀在腰，要奔赴沙场，杀尽日寇，还我河山。"好男儿报国在今朝！”这是每一个中华儿女的责任。这两首歌其实就是一首歌，唱的是一种浩然之气，一种正气。每次唱时，和着响遏行云的歌声，常见一个个年轻的脸庞上沾满泪痕。我们终于获得胜利，结束了东藏西躲、颠沛流离的生活，回到了北平。但是想一想，有多少在战争中死去的同胞，成为望乡之鬼，永远不能回到自己的家乡。他们是四万万同胞中的一分子，或军或民，或为国英勇牺牲，或无辜遭受屠杀，他们都是值得纪念的。

近年来，黄自的这两首歌很少唱了，连音乐学院的有些年轻人对它也很恍惚。我非常想再听到那雄壮的歌声，乃向朋友们建议组织一台抗战歌曲音乐会，每年唱一唱。不知能否做到。常唱的歌总会随时代而变化，它却是我心中永恒的记忆。

不管经过多少曲折，我们民族的那种正气，曾经凭借千百万仁人志士传递的，飘扬在歌声中的浩然之气，总会传下去。

“中华锦绣江山谁是主人翁？”现在我们的回答应该是：我们十二亿同胞！我们是吗？我们是主人翁吗？我们尽了多少义务，我们又有多少权利？铁马金戈中的歌声提醒我们，要做主人翁！要把这个答案做好。

原载《北京日报》1999 年 1 月 14 日

那青草覆盖的地方

那青草覆盖的地方，藏着一段历史和一段我一生中最美好的记忆。

清华园内工字厅西南，有一片小树林。幼时觉得树高草密，一条小径弯曲通过，很是深幽，是捉迷藏的好地方。树林的西南有三座房屋，当时称为甲、乙、丙三所。甲所是校长住宅。最靠近树林的是乙所。乙所东、北两面都是树林，南面与甲所相邻，西边有一条小溪，溪水潺潺，流往工字厅后荷花池。我们曾把折好的纸船涂上蜡，放进小溪，再跑到荷花池等候，但从没有一只船到达。

先父冯友兰先生作为哲学家、哲学史家已经载入史册。他自撰的茔联“三史释今古，六书纪贞元”，概括了自己的学术成就。他一生都在学校工作，从未离开教师的岗位，他对中国教育事业的贡献是和清华分不开的，是和清华的成长分不开的。这是历史。

一九二八年十月，他到清华工作，找到“安身立命之地”。先在南院十七号居住，一九三〇年四月迁到乙所。从此，我便在树林与溪水之间成长。抗战时，全家随学校去南方，复员后回来仍住在这里。我从成志小学、西南联大附中到清华大学，已不觉得树林有多么高大，溪水也逐渐干涸，这里已不再是儿时的快乐天地，而有了更丰富的内容。一九五二年院系调整，父亲离开了清华，以后不知什么时候，乙所被拆掉了，只剩下这一片青草覆盖的地方。

清华取消了文科，这不只是清华，也是整个教育界、学术界的重大损失。同学们现在谈起还是非常痛心。那时清华的人文学科，精英荟萃。也许不必提出什么学派之说，也许每一位先生都可以自成一家，但长期在一起难免互有熏陶，就会有一些共同的特色。不要说一个学科，就是文、理、法、工各个方面也是互相滋养的。单一的训练只能培养匠气，这一点越来越得到共识。

父亲初到清华就参与了一件大事，那就是清华的归属问题，从隶属外交部改为隶属教育部。他曾作为教授会代表到南京，参加当时清华的董事会，进行力争，经过当时的校长罗家伦和大家的努力，最后清华隶属教育部。我记得以前悬挂在西校门的牌子上就赫然写着“国立清华大学”。了解历史的人走过门前都会有一种自豪感，因为清华大学的成立，是中国近代学术独立自主的发展过程的标志。

在乙所的日子是父亲最有创造性的日子。除教书、著书以外，他一直参与学校的领导工作。一九二九年任哲学系主任，从一九三一年起任文学院院长。当时各院院长由教授会选举产生，每两年改选一次。父亲任文学院院长长达十八年，直到解放才卸去一切职务。十八年的日子里，父亲为清华文科的建设和发展做出了哪些贡献，现在还少研究。我只是相信，学富五车的清华教授们是有眼光的，不会一次又一次地选出一个无作为、不称职的人。

在清华校史中有两次危难时刻。一次是一九三〇年，罗家伦校长离校，校务会议公推冯先生主持校务，直至一九三一年四月吴南轩奉派到校。又一次是一九四八年底，临近解放，梅贻琦校长南去，校务会议又公推冯先生为校务会议代理主席，主持校务，直到一九四九年五月。世界很大，人们可以以不同的政治眼光看待事物。冯先生后来的日子是无比艰难的，但他在清华所做的一切无愧于历史的发展。

作为一个教育工作者，他爱学生。他认为清华学生是最可宝贵的，应该不受任何政治势力的伤害。他居住的乙所曾使进步学生免遭逮捕。一九三六年，国民党大肆搜捕进步学生，当时的学生领袖黄诚和姚依林躲在冯友兰家，平安度过了搜捕之夜，最近出版的《姚依林传》也记载了此事。据说当时黄诚还作了一首诗，可惜没有流传。临解放时，又一次逮捕学生，女学生裴毓荪躲在我家天花板上。记得那一次军警深入内室，还盘问我是什么人。后来为安全计，裴毓荪转移到别处。七十年代中，毓荪学长还写过热情的来信。这样念旧的人，现在不多了。

学者们年事日高，总希望传授所学，父亲也不例外。解放后他的定位是批判对象，怎敢扩大影响。但在内心深处，他有一个感叹，一种悲哀，那就是他说过的八个字："家藏万贯，膝下无儿。"形象地表现了在一个时期内，我们文化的断裂。可以庆幸的是这些年来，"三史""六书"俱在出版。一位读者来信，说他明知冯先生已去世，但他读了"贞元六书"，认为作者是不死的，所以信上的上款要写作者的名字。

父亲对我们很少训诲，而多在潜移默化。他虽然担负着许多工作，和孩子们的接触不很多，但我们却感到他总在看着我们，关心着我们。记得一次和弟弟，还有小朋友们一起玩。那时我们常把各种杂志放在地板上铺成一条路，在上面走来走去，不知为什么他们都不理我了。我们可能发出了什么响声，父亲忽然叫我到他的书房去，拿出一本唐诗命我背，那就是我背诵的第一首诗，白居易的《百炼镜》。这些年我一直想写一个故事，题目是《铸镜人之死》。我想，铸镜人也会像铸剑人投身入火一样，为了镜的至臻完美，纵身跳入江中（“江心波上舟中制，五月五日日午时”），化为镜的精魂。不过又有多少人了解这铸镜人的精神呢？但这故事大概也会像我的很多想法一样，埋没在脑海中了。

此后，背诗就成了一个习惯。父母分工，父亲管选诗，母亲管背诵。短诗一天一首，《长恨歌》《琵琶行》则分为几段，每天背一段。母亲那时的住房，三面皆窗，称为玻璃房。记得早上上学前，常背着书包，到玻璃房中，站在母亲的镜台前，背过了诗才去上学。

乙所中的父亲工作顺利，著述有成。母亲持家有方，孩子们的读书声笑语声常在房中飘荡。这是一个温暖幸福的家。这个家还和社会联系着，和时代联系着。不只父亲在复杂动乱的局面前不退避，母亲也不只关心自己的小家。一九三三年，日军侵犯古北口，教授夫人们赶制寒衣，送给抗日将士。一九四八年冬，清华师生员工组织了护校团，日夜巡逻，母亲用大锅熬粥，给护校的人预备夜餐。一位从联大到清华的学生，许多年后见到我时还说：“我喝过你们家的粥，很暖和。”煮粥是小事，不过确实很暖和。

那青草覆盖的地方，虽然现在草还不很绿，我还是感觉到暖意。这暖意是从逝去了而深印在这片土地上的岁月来的，是从父母的根上来的，是从弥漫在水木清华间的一种文化精神的滋养和庇荫来的。我倚杖站在小溪边，惊异于自己的老而且病。以后连记忆也不会有了，这一片青草覆盖的地方，又会变成什么模样？

1999 年 4 月中旬写，6 月初改定

原载《永远的清华园》，北京出版社，2000 年 4 月

那祥云缭绕的地方

——记清华大学图书馆

图书馆，在一座大学里，永远是很重要的，教师在这里钻研学问，学子在这里发奋学习，任何的学术成就都是和图书馆分不开的。

我结识清华图书馆是从襁褓中开始的。我出生两个月，父亲执教清华，全家移居清华园。母亲在园中来去，少不得抱着我，或用婴儿车推着我。从那时，我便看见了清华图书馆。我想，最初我还不会知道那是什么。渐渐地，能认识那是一座大建筑。在上幼稚园时就知道那是图书馆了。

图书馆外面的石阶很高，里面的屋顶也很高，一进门便有一种肃穆的气氛。说来惭愧，对于孩子们，它竟是一个好玩的地方。不记得什么时候了，我第一次走进图书馆，父亲当时在楼下，向南的甬道里有一间朝东的房间，我和弟弟大概是跟着父亲走进来的。那房间很乱，堆满书籍文件，我不清楚那是办公室还是个人研究室，也许是兼而用之。每次去不能多停，我们本应立即出馆，但常做非法逗留，在房间外面玩。给我们的告诫是不准大声说话，于是我们的舌头不活动，腿却自由地活动。我们把朝南和朝西的甬道都走到头，甬道很黑，有些神秘，走在里面像是探险，有时我们去爬楼梯，跑到楼上再跑下来。我们还从楼下的饮水管中，吸满一口水，飞快地跑到楼梯顶往下吐，就听见水落地“啪”的一声，觉得真有趣。我们想笑却不敢笑，这样的活动从来没有被人发现。

上小学时学会骑车，有时由哥哥带着坐大梁，有时自己骑。当时校中人不多，路上清静，慢慢地骑着车左顾右盼很是惬意。我们从大礼堂东边绕过去，到图书馆前下车，走上台阶，再跑下来，再继续骑，算是过了一座桥。我们仰头再仰头，看这座“桥”和上面的楼顶。楼顶似乎紧接着天上的云彩。云彩大都简单，一两笔白色而已，但却使整个建筑显得丰富。多么高大，多么好看。这印象还留在我心底。

从外面看图书馆有东西两翼，东面的爬墙虎爬得很高，西面的窗外有一排紫荆树，那紫色很好看，可是我不喜欢紫荆，对于看不出花瓣的花朵我们很不以为然。有人说紫荆是清华的校花，如果真是这样，当然要刮目相看。

抗战开始，我们离开清华园，一去八年，对北平的思念其实是对清华园的思念。在清华园中长大的孩子对北平的印象不够丰富，而梦里塞满了树林、小路、荷塘和那一片包括大礼堂、工字厅等处的祥云缭绕的地方。胜利以后，我进入清华外文系学习，在家中虽然有一个小天地，图书馆是少不得要去的。我喜欢那大阅览室，这里是那样安静，每个人都在专心地读书。只有轻微的翻书页的声音。几个大字典架靠墙站着，字典永远是打开的，不时有人翻阅。我总是坐在最里面的一张桌上，因为出入都要走一段路，就可以让自己多坐一会儿。在那里看一些参考书，做各种作业。在家里写不出的作文，在图书馆里似乎是被那种气氛感染，很快便写出来。当然也有时在图书馆做功课不顺利，在家中自己的小天地里做得很快。

在这一段日子里，我惊异地发现图书馆变得越来越小，不像儿时印象中那样高大，但它仍是壮丽的，也常有一两笔白色的云依在楼顶。

四年级时，便要做毕业论文，可以进入书库。置身于书库中，真像是置身于一个智慧的海洋，还有那清华图书馆著名的玻璃地板，半透明的。让人觉得像是走在湖水上，也像是走在云彩上，真是祥云缭绕了。我的论文题目是托马斯·哈代的诗，本来我喜欢哈代的小说，后来发现他的诗也是大家，深刻而有感染力，便选了他的诗做论文题目。导师是美国教授温德。在书库里流连徜徉真是乐事，只是在当时火热的革命形势中，不很心安理得，觉得喜欢书库是一种落后的表现。直到以后很多年，经过时间的洗磨，又经过不断改造，我只记得曾以哈代为题做毕业论文，内容却记不起了。有一次，偶然读到卞之琳翻译的哈代的诗，竟惊奇哈代的诗原来这样好。

那时，图书馆里有教室。我选了邓以蛰的美学，便是在图书馆里授课，在哪间房间记不起了。这门课除我之外还有一个男生，邓先生却像有一百个听众似的，每次都做了充分准备，带了许多图片，为我们放幻灯。幻灯片里有许多名画和建筑，我在这里第一次看见蒙娜丽莎，可惜不记得邓先生的讲解了。这门课告诉我们，科学的顶尖是数学，艺术的顶尖是音乐。只是当时没有音响设备，课上没有听音乐。

父亲在图书馆楼下仍有一个房间，我有时去看看。常见隔壁的房门敞开着，哲学系学长唐稚松在里面读书，唐兄先学哲学又学数学，现在在“计算机科学与软件工程”方面有重大成就，享有国际声誉。我们在电话中谈起图书馆，谈起清华，都认为清华教我们自强、严谨，要有创造性，终生不能忘。

从清华图书馆里走出来的还有少年闻一多和青年曹禺。闻一多一九一二年入清华学堂，在清华学习九年，少不了要在图书馆读书。九年中他在课余写的旧体诗文自编为《古瓦集》，去年经整理后出版。可惜我目力太弱，已不能阅读，只能抚摸那典雅的蓝缎面，让想象飞翔在那一片彩云之上。

曹禺的第一部剧作《雷雨》是在清华图书馆里写成的。我想那文科的教育，外国文学的熏陶，那祥云缭绕的书库，无疑会影响着曹禺的成熟和发展。我们不能说清华给了我们一个曹禺，但我们可以说清华有助于万家宝成为曹禺。我想，演员若能扮演曹禺剧中人物，是一种幸运。他的台词几乎不用背，自然就会记得。“太阳出来了，黑暗留在后头，但是太阳不是我们的，我们要睡了。”上中学时，如果有人说一句“太阳出来了”，立刻会有人接上“黑暗留在后头”。“我的中国名字叫张乔治，外国名字叫乔治张”，短短两句话给了多么宽广的表演天地。也许这是外行话，但这是我的感受。

从图书馆走出的还有许多在各方面有成就的人，无论成就大小，贡献大小，都是促使社会进步的力量，想来在清华献出了毕生精力的教职员工都会感到安慰。

我已经把哈代忘了许多年。忽然有一天，清华图书馆韦老师告知我，清华图书馆中保存了我的毕业论文，这真是意外之喜。后知馆中还存有一九五〇、五一级的部分论文。我即分告同班诸友，大家都很高兴。韦老师寄来了我的论文复印件，可翻译为《哈代诗歌中的必然观念》，厚厚的有二十七页。我拿到这一册东西，仿佛看见了五十年前的自己，全部文章是我自己打出来的，记得为打这篇论文，我特地学了英文打字。原来我是想写一本研究哈代的书，这论文不过是第一章。生活里是要不断地忘记许多事，不然会太沉重，忘得太多却也可惜。我在论文的序言中说，希望以后有时间真写出一本研究哈代的专著以完夙愿。这夙愿看来是完不成了。我已告别阅读，无法再读哈代，也无法读自己五十年前写的文字。我想，若是能读，也读不懂了。

今年夏天，目疾稍稳定，去清华参观新安排的“冯友兰文库”，顺便也到图书馆看看。大阅览室依旧，许多同学在埋头读书，安静极了。若是五年换一届学生，这里已换过十届了。岁月流逝，一届届学生的黑发变成银丝，但那自强不息的精神永在。

原载《不尽书缘》，清华大学出版社，2001 年

从近视眼到远视眼

经过不到半小时的手术，我从近视眼一变而为远视眼。这是今年六月间的事。

我的眼睛近视由来已久。八九岁时看林译《块肉余生述》，暮色渐浓，还不肯放，现在还记得“大野沉沉如墨”的句子。抗战期间的菜油灯更是培养近视眼的好工具。五十几年，脸上从未脱离眼镜，老来患白内障，眼前更是一片迷茫，戴不戴眼镜也没有什么区别了。“老年花似雾中看”，我以为这也是人必然要经过的“老”的滋味。

可是人太可尊敬了，太伟大了，能够修理自己，让自己重又处在明亮绚丽的世界中。手术后我透过眼罩的缝隙看到地上有许多花纹，还以为眼睛出了毛病，一问才知道病房里的地板本来就有花纹，只是我原来看不见。因为感到明亮，以为房间里换了电灯泡，其实也是自己的眼睛在作怪。取下眼罩时，我先看见横过窗前的树枝，每片叶子是那样清楚，医院门前的一树马缨花，原来由家人介绍过，现在也看到了颜色。近年来我看人都只见一个轮廓，这时眼前的医生有了眉眼，我不由得欢喜地对大夫说："我看见你了。"

本是最亲近的家人，这些年也是模糊的。现在看到老伴的头顶只剩下不多的头发，女儿的脸上已添了几道皱纹。我猛然觉得生活是这样实在，这样暖热，因为我看到了。

病房走廊外面，是那座尼泊尔式的白塔。以前我知道那里有这座塔，家人指着说："看呀，看呀，就在眼前。"我看不见。因为习惯了由别人代看，也不觉得懊恼。这时我特地到窗前去看，原来那塔很近，很大，很白，由蓝天衬着，看上去有几分俏皮，不是中国塔的风格。我在这塔的旁边从近视眼变成远视眼，它应该是我的朋友。

因为高度近视，将白内障取出后，不放人工晶体。结果是两眼各有几百度的远视，成了远视眼。我看不清东西时，习惯地把它拿近，反而更看不清，倒是远处的东西较清楚。虽不能像正常人，我已经很满足了。我们回家，进了西门，经过大片荷塘时，见朵朵红荷正在盛开，花瓣的线条都显得那样精神。露珠在荷叶上滚动，我几乎想走下车去摸一摸。燕南园好几栋房屋换过房顶，我第一次看清一层层的瓦。走进家门，院中的荒草好像在打招呼，说："看看我们，早该收拾了。"我本以为我的住处很整洁，却原来只是一种幻象。现在看到的是有裂纹和水迹的房顶，白粉剥落的墙壁，还有油漆差不多褪尽的地板。而且这里那里的角落，都积有灰尘。

我看着窗外一只灰尾巴喜鹊坐在丁香的一段枯枝上，它飞走了，又一只黑尾巴喜鹊飞来。这两种喜鹊是两个家庭，"文化大革命"前就居住在这里，"文革"时鸟儿也逃难，后来迁回。这几年，鸟丁兴旺，我只听见闹喳喳，这时看得清楚，恍如旧友重逢。它们似乎也在问我："嘿，你怎样了？"

我们素来阴暗的房间增加了亮度，我在镜中看到了自己，我有很长时间没有"自知之明"了。我相信通过爱心而做出的描述，总之是不显老。现在我看清了自己的额前沟壑，眼下丘陵。忽然想到了“不许人间见白头”这句话。看来，近视眼也有好处，让人不知道老态的存在。

我去医院复查，沿路大声念着街旁店铺的招牌，“看，这个馆子叫湘菩提。”“哦！这儿还有鱼翅宴。”司机很觉莫名其妙。他哪里知道看得见的快乐。

七月六日我们去游览白塔寺，也拜访我的朋友——那座白塔。这天下着小雨，家人说，他们来来去去看见正门是不开的。我们打着伞走过去，却见正门洞开，门不高大，有七七四十九颗门钉在微雨中闪闪发亮。我们走进去，见院中有一个新铸的鼎，为西城区金融界所献，鼎上有一条彩色的龙。这鼎似乎与佛法较远。前面的殿正举行万佛艺术展，因为离得近，我反而看不清每个塑像的姿态面目。正殿供奉据说是三世佛，居中是释迦牟尼不成问题，两旁是阿弥陀佛和药师佛。我有些疑惑，觉得在别处看到的未来佛和过去佛好像不是这两位。我们走到白塔下面，塔身高五十一丈，只能看见底座，又据说转塔一周可以祈福消灾。这时一位游人——我们之外唯一的游客，她对我们说：“白塔寺正门从今天起正式开放，今天是阴历五月二十三日，好像和观音菩萨有什么关系。我们是第一批走进第一次开的正门，真是有福气。”我们绕塔一周，在塔后看到四株古老的楸树，不知有多少年了。我想如果世上真有福气，它应该属于驱逐病魔的医生们。他们使人的生命延长，他们使人离开黑暗，其实是他们给了病人福气。作为医学界代表的药师佛怎么能是过去佛呢，他应该属于未来。

医学是科学的一部分。我默默念诵，科学真是了不起！人类真是了不起！有了科学才有各种治疗，有了人的智慧才有科学。人类智慧的一大特点是有想象力，这样才能创造。千万不要扼杀想象力！人类另一个特点是能积累经验，在积累的经验上才能求得进步。不知多少治疗的经验，才捧出一双双明亮的眼睛。经验是最可宝贵的，怎能忘记！

最初的喜悦过去了。因两眼视力不平衡，我看到的世界不很端正，楼房、车辆都有些像卡通。想想也很有趣，是近视眼时，常常要犯错误。作为眼疾患者的日子，更是过得糊里糊涂。成为远视眼，又看不清近处的事。希望能逐渐得到调整，若是能够，也许日子会过得清醒些。

牛顿在他七十岁的时候，人问他得到了什么，他答道："不过在人生的海滩上拾到了一些蚌与螺。"我总觉得这句话很美，美得让我感动。

我已迈过了七十岁。回头一看，我拾到的不过是极小的石粒。如果我有一双较正常的眼睛，又不是那么糊涂，我还会多拾几颗小石粒，虽然它们很平凡，虽然它们终究都是要漏去的。

1999 年 7 月下旬

原载《人民文学》1999 年第 10 期

告别阅读

二〇〇〇年，正逢阴历龙年。春节前，看到各种颜色鲜艳、印刷精美的贺卡，写着千禧龙年，街上挂着红灯，摆着花篮，真觉得辉煌无比。

龙年是我的本命年，还未进入龙年，便有人说，你要准备一条红腰带。我笑笑说，才不信那些呢。临近兔年除夕，我站在窗前，突然眼前一黑，左眼中仿佛遮上了一层黑纱帘，它是我依靠的那只眼睛，右眼早已不大能用。现在一切都变得朦胧，这是怎么了？我很奇怪。自从去年夏天，做过白内障手术后，我已经习惯了过明白日子，而且以为再不会糊涂，现在的情况显然是眼睛又出了问题。因为就要过节，只好等到春节后再去就医。

龙年的第一件大事便是去医院。诊断是我没有想到的：视网膜脱落。医生说只要做一个小手术，打气泡到眼睛里，即可复位。我便听医生的话住院，做手术。手术后真有两周令人兴奋的时光，眼前的纱帘没有了，一切和以前差不多，头脑似乎还更清楚些。

不料十几天后，气泡消尽，再加上我患喘息性支气管炎，咳嗽得山摇地动。二月二十七日，视网膜再次脱落。

我只有再次求医，医生还是说要打气泡。我想这次脱落的范围大了，气泡是否顶得住。经过劝说，还是做了打气泡的决定。

当时我认为咳嗽是大敌，特住进医院求保护，果然咳嗽是躲过了，但仍然没有躲过网脱。

三月二十日，气泡快消尽时，视网膜第三次脱落。气泡果然不能完成任务。我清楚地看见，视网膜挂在眼前，不再是黑纱，而像是布片。夜晚，我久不能寐，依稀看见窗下的月光。月光淡淡的，我很想去抚摸它，我怕自己再也不能感受光亮。查夜的护士问，为什么不睡？有什么不舒服？我只能说，我很不幸。

第三次手术，是把硅油打在眼睛里，是眼科的大手术。手术确定了，可是没有床位。一天天过去了，可以清楚地感觉到网脱的范围越来越大，后来，无论怎样睁大眼睛，眼前还是一片黑暗，无边无涯，没有人能帮助我解脱。忽然，我仿佛看见了我的父亲，他也睁大了他那视而不见的眼睛，手拈银须，面带微笑，安详地口授巨著。晚年的父亲是准盲人，可是他从未停止工作。以后父亲多次出现在黑暗中，像是在指点我，应该怎样面对灾祸。

终于熬到了住进医院，熬到了做手术的这天。上手术台前的诊断是，视网膜全脱。

在手术室里还和麻醉师有一番争论。麻醉师很年轻，很认真负责。她见我头晕，十分艰难地躺上手术台，便不肯用原定的麻醉计划，说："你这是要眼睛不要命。要我麻醉最好再签一回字。"经主刀医生解释，已经过各科会诊，麻醉师最后同意用局麻进行手术。她怕我出问题，给麻药很吝啬。于是我向关云长学习，进行了一次刮骨疗毒。麻醉师也是有道理的，疼是小事，命是大事。手术安排得不恰当，时间的延误，我都没有什么好抱怨的，我只怪一个人，那就是上帝。他老人家造人造得太不完美了，好好的器官，怎么要擅离职守掉下来，而且还顽固地不肯复位。头在颈上，手在臂上，脚在腿上，谁曾见它们掉下来过？怎么视网膜这样特别？

其实，我自己也知道这不过是几句气话。网脱是一种病，高度近视是起因。我再一次被病魔擒获。

手术顺利，离战胜病魔还很远。接下来的是长期俯卧位——趴着。人是站立的动物，怎么能趴着呢？为了眼睛也渐习惯了。据说手术成功与否和是否认真趴着很有关系。硅油的作用是帮着视网膜重新长好。三个月到半年后，再做一次手术将油取出。油取出后常有视网膜重新脱落的病例。我真奇怪科学发展这样迅速，怎么对网脱的治疗没有完善的办法。用油或气顶住，气消失油取出后，重脱的可能性极大，也只能到时候再说了。希望我这是杞人忧天。

手术后，重又感觉到光亮。视力已经很可怜，但是能感觉光亮。光亮和黑暗是两个世界，就像阳间和阴间一样。我又回到了阳间，摆脱了黑暗，我很满足。回到家中，我在房间里走来走去，还可以指出窗帘该换，猫该洗了。丁香早已开过，草玉兰还剩几朵，我赶上了蔷薇花，有人家的蔷薇一直爬到楼上，几百朵同时开放，我看不清楚花朵，但能感受到那是一大幅鲜艳的画图。

但是我不再能阅读。

对从小躲在被子里看小说的我来说，不能阅读真是残酷的事。文字给了我多么丰富，多么美妙的世界，小小的方块字，把社会和历史都摆在了面前。我曾长时期因患白内障不能阅读，但那时总怀有希望，总以为将来还是能看书的。午夜梦回，开出一长串书单，我要读丘吉尔的文章，感受他的文采，《维摩诘所说经》、苏曼殊文都想再读。白内障手术后，这些都未做到，但是希望并未灭绝。视网膜的叛变，扑灭了读书的希望，我不再能享受文字的世界，也不再能从随时随地磕头碰脑的书中汲取营养。我觉得自己好像孤零零地悬在空中，少了许多联系，变得迟钝了，干瘪了，奇怪的是我没有一点烦躁。既然我在健康上是这样贫穷，就只能安心地过一种清贫的生活。我的箪食瓢饮就是报刊上的大字标题，或书籍封面上的名字，我只有谨慎地保护维持目前的视力，不要变成盲人。

我的父亲晚年成为准盲人，但思想仍是那样丰富，因为他有储存，可以“反刍”。这一点我是做不到的。听人读书也是一乐，但和阅读毕竟是不一样的。幸好我还有一位真正可听的朋友，那就是音乐。

文学和音乐，伴随着我的一生。可以说，文学是已完嫁娶的终身伴侣，音乐是永不变心的情人（如果世界上有这种东西的话）。文学是土地，是粮食；音乐是泉水，是盐。文学的土地是我耕耘的，它是这样无比宽广，容纳万物。音乐的泉水流动着，洗涤着听者的灵魂，帮助我耕耘。

我又站在窗前，想起父亲在不能读写时，写出的那部大书，模糊中似乎看见老人坐在轮椅上，指一指院中的几朵蔷薇，粉红色的花瓣有些透亮。忽然间，“桃色的云”出现在花架边，他是盲诗人爱罗先珂笔下的精灵——春的侍者。我揉揉眼睛，“桃色的云”那翩翩美少年，手持蔷薇花，正含笑站在那里。

我不能读书，可是我可以写书。也许，我不读别人的书，更能写好自己的书。

我用大话安慰自己，平心静气地告别阅读。

原载《中华散文》2000年9月号（第9期）

我与人民文学出版社

一九七九年，人民文学出版社召开中、长篇小说座谈会，邀我参加。当时我正酝酿写“文化大革命”中一个癌症病人的故事。本来想写成短篇，又觉得写出来会太长，短篇容纳不下这样的内容。座谈会上，人文社要推动中、长篇的写作，大家谈了许多对中、长篇的想法，很有启发。会后我又考虑了许久，决定写一个中篇，便是后来的《三生石》。先在《十月》上发表，发表后，王笠耘同志要我在人文社出单行本。我那时虽已年过半百，却仍然“少不更事”。因已口头应允百花出版社，要重然诺，竟未与人文社合作。

我从五十年代就想写一部长篇小说，反映抗日战争时知识分子的生活。但总因各方面条件不成熟，没有落笔。那次会上，韦君宜同志、李曙光同志都认为我已经进入写长篇的阶段，向我约稿。我相信自己总是要写的，但一拖又是几年，仍旧没有落笔。

一九八四年人民文学出版社在烟台召开长篇小说座谈会，又邀我参加。大家讲了很好的意见。记得李曙光同志曾说，作者是出版社的衣食父母。好像还没有听哪家出版社这样说过，其实作者也很需要出版社的督促培养。

我在烟台会上没有发言，后来杨柳要我写一个书面发言。我写的是长篇小说要好看又要耐看。必须好看，才能耐看，也必须耐看，好看才有价值。我希望我能写出这样的作品，可是不知能否做到。

当时，我在外文所，还有研究任务。我写了论曼斯菲尔德和鲍恩的文章，本来想接着写一本伍尔芙评传。有人认为研究伍尔芙我比较合适，我也有兴趣。可是一部长篇小说已在我心中逐渐形成，发了芽，长了枝叶，若再不把书中人物落在纸上，他们会窒息、干枯而死。研究和创作两方面的大题目同时并进，在我来讲是不可能的。且不说两种思维方式互相打架，只就精力而言也远远不够。我必须做出选择。我决定放弃科研专心写小说。因为我不做研究，还会有别人做，研究的毕竟是别人的东西，而小说是作者灵魂的投入，是把自己搅碎了，给小说以生命。而且我要表现的不只是我自己，是一个群体，一个时代。我不一定成功，但不试一试我是不甘心的。

一九八五年，我终于开始写长篇了。这部长篇分为四卷——南渡、东藏、西征、北归。总的题目想了很久都没有定下来，后来确定为《野葫芦引》，原有个题释："葫芦里装的什么药，谁也不知道，更何况是野葫芦。"后自己觉得并不能释，故未印出。我在外文所"挂单"，云游于"野葫芦"中。我曾考虑怎样来写这部长篇，如果用当时我正探索的内观手法，读者会看得太累，生活的巨大内容也难以表现，或表现了也难以和读者沟通。李曙光同志说，他记得在一次谈话中，我曾自问自答，我的书要怎样写，自答的结果是用现在的比较写实的手法。人文社很关心这部书。责编王小平常来了解进度，写成两章便先拿去，不止她一个人看，这本书是在人文社的热心关怀下写出来的。

一九八七年底书成，君宜同志已病。李曙光同志关心地安排这小说先在《海内外文学》杂志上发表，一九八八年九月即出书。

一九八八年秋，趁西南联大校友重返昆明之便（我在昆明上的是联大附中，也被扩大为联大校友），云南省文化局介绍我到保山，保山地区为我提供了交通工具，并派人陪伴。我从大理到保山，又到腾冲等抗日旧战场走了一遭。我到了国殇公园，在松山碉堡旧址看到一个残破的小碑，纪念抗日阵亡将士。我站在秋风中，不禁泪流满面。

一九八九年至一九九三年，我经历了父丧和重病。一九九三年下半年开始写《野葫芦引》第二卷《东藏记》。为了给自己的记忆之井中添些活水，觉得需要回昆明一趟。我向高贤均同志说了这个意思，人文社立即提供了来往旅费。在昆明我得到云南诸友的热情帮助，又感染了昆明的旧城气氛。一九九五年，《东藏记》的第一、二章先在《收获》第三期发表。

以后是漫长的等待，隔几个月便要生一次病，几乎成了规律。再加上莫名其妙的干扰，只能写写停停，停停写写。责编杨柳细心而耐心地守候着这部书。她从不催稿，但总能感到她的关心。今夏终于写成了《东藏记》，杨柳和我都舒了一口气。因为目疾，书成后我不能通读全稿，免不了许多遗憾。不过我已是尽力而为了。

人文社出版了“中华散文珍藏本”系列，其中有我一卷。散文浩如烟海，选择特别需要眼光。散文什么都可以写，在各种各样的题材中，我总觉得最好能有做大题目的、较有思想的散文，使我们散文创作的境界有所提高。

在当前众多的出版社中，人文版书籍的错误较少，虽然还免不了遗憾，但他们在校对方面是很认真的。

人文社的美术方面的工作似可改进，就我看到的有限的书来说，有些书的装帧封面和书的内容不甚相称。我一直有个想法，长篇小说需要好插图。现在的书有插图的很少，有好插图的更少。这种插图需要对文学有浓厚兴趣的美术家，可能这是可遇而不可求的。

随着社会的发展，出版社会遇到不同的难题，我想他们会以发展对付发展，走得更快更好。人民文学出版社不愧为我国第一家文学出版社，她的工作人员有见识、有才干、有为文学事业奋斗的热忱，我向他们敬礼。

2000 年 11 月 10 日

原载《我与人民文学出版社》，

人民文学出版社，2001 年 3 月

一只小蚂蚁的敬礼

时间本来是无始无终的，是人划分了日、月、年、世纪。一会儿过节，一会儿过年，一会儿热热闹闹地要进入新世纪。“天不生仲尼，万古如长夜。”没有人，一切都是没有意义的。

人活着很不容易的。对我这样的老病号，更是如此。我很庆幸，自己过了七十余年还是个活人。我没有什么好的医疗条件，在和疾病斗争中，却曾得到一些医生的帮助，在关键时刻搭救我。我的感谢是深厚长远的。

我活着，就要写作。检点过去的材料，有这么多的亲友帮助我，在我的记忆之井中不断地添注活水。我无法一一列出他们的名字。有些人已经离开这个世界，书夹中业已发黄的纸上留着他们的话语；大多数人仍在辉煌地生活。我们是一个割不断的群体，我想他们能感受到我发自内心的谢忱。

还有读者，那是最有力量的支持者，从来不是很多，但从未断绝，总有延续。这延续对作者来说是一种福分。

二十世纪，我写完了长篇小说《野葫芦引》的第一、二卷，《南渡记》与《东藏记》。书中人物在等候我写下去，他们也要生存，也要发展。我因目力不佳，写作极为艰苦，就像一只小蚂蚁，奋力搬运沙粒，衔一粒再衔一粒，堆成小丘。在未来的日子里，我只愿安静地当好一只蚂蚁，尽伦尽职，堆好沙丘。人说，你何不用蜜蜂做比喻，究竟有一个酿造的过程。我想，蜜蜂在花丛里嗡嗡地飞，那景象对我来说是太美好了，蚂蚁的比喻也许更为合适。

一切创造生活的人，请接受一只小蚂蚁的敬礼。

原载《人民日报》2000 年 12 月 30 日

扔掉名字

宗璞，原名冯鐘璞，这是我简历的开场白。原名冯鐘璞，就应该行不更名，坐不改姓，怎么又编出一个宗璞来？原因只有一条：我不喜欢“鐘”的简体字，它和鐘表的“鐘”（这个字总让我想起双铃马蹄表）的简体字变成了一个字。“鐘天地之灵秀”和“做一天和尚撞一天鐘”成了一回事，令人不悦。我曾很反对简体字，比如“潇湘”这两个字，看上去，听起来和引起的联想，都很美。一度曾把它们简化为“肖相”，一切意境都没有了。想想看“潇湘馆”成了“肖相馆”，岂不大煞风景！好在后来那一批简化字没有通行。当然有些过于繁杂的字，简化了确实方便，不过一切都需要规范。

再说“鐘”字。“鐘”字是我们家族的排行，到我这一辈人的名字都有个“鐘”，鐘字辈的堂兄弟姊妹共有三十六人。既然它已变成和尚撞的钟，我无论如何也要换一换。那时写文章要个名字，就想了一个和“鐘”字读音相近的“宗”作笔名。稀里糊涂地写在笔下，戴在头上几十年。但是我有职业，有单位，有身份证，那上面的本名是生长在那里的。若真是文名大到如雷贯耳，妇孺皆知，原名或可留待专家考证，考证出几个名字来也是不足奇的，一个字多种多样也可以奉为经典。幸而我这辈子也到不了那步田地。在正式场合，笔名是无效的，需要用本名。我则总写繁体字的“鐘”，以示郑重。后来又因常有人误认为我姓宗，便又在宗璞前加了我的本姓。不料名字问题给我带来很多麻烦。首先是“鐘”和“宗”——冯鐘璞和宗璞、冯宗璞，是不是一个人，常常受到质疑，于是设法在户口本上写上曾用名等等。“鐘”“宗”的麻烦，可谓自找，谁叫你编造新名字！以后的事儿，就属于简化字的规范问题了。

“鐘”字和“宗”字的纠缠，差不多平息了，可是“鐘”字本身麻烦更大。面对事实，我只好承认自己的弱小，渐渐承认简化，使用“钟”字，但是问题仍不能解决。我们只承认“钟”，不承认“鐘”；海外只有“鐘”，没有这个简化了的“钟”。有一位名字中也有“鐘”字的难友诉苦说，在往邮局、银行办事时，常遇到各种关卡，无非是绕许多圈子，来证明这两个字是一个字。我们谈起来大有同病相怜之感。一次台湾某书局编书时收了我的文章，寄来三十元稿费，可是因为这个“鐘”字缠夹不清，只好弃而不顾。好在只有三十元，再多一点时，就不能那么慷慨了。

名字出了问题，就要弄清。派出所说，这两个字不是一个字，不能证明你是同一个人；好容易弄清这两个字是同一个字后，又因是同一个字，不能同时写在户口本上，也就不能证明冯“鐘”璞和冯“钟”璞是一个人。因为在一个地方住得久了，大家采取以人为本的态度，一般都可通融。形势刚刚好转，偏偏又出现一个偏旁简化的“鍾”。字典上没有这个字，只统一说明，这个偏旁就是金字旁的简化，那么“鍾”就应该等于“鐘”。这看起来很清楚，但办事人员以高度认真负责的精神，不肯承认这是一个字。若是电脑中也没有这个字也就罢了，可电脑中又偏偏打出了这个字，要和“鐘”“钟”分庭抗礼，真是教人怎能不头晕！

几经周折，几个字仍未得到统一，我这个人也好像分成好几个了。哭笑不得之余，我想给自己改一个名字，叫作冯——（挺可爱的，不是么？），这好像没有什么出错的机会了。可是不行，有人一见便说：这不是破折号吗？建议干脆叫作冯一好了。又马上得知，改名字的手续极为烦琐，要两个邻居证明，单位证明、街道证明、派出所证明等等。这信息可能是胡诌，很不可靠。但不管怎样，名字肯定是改不了的。

我想最好的办法就是把名字里那无理取闹的“钟”，连同它的上家和下家，远远地扔进那春秋不变、水旱不知的大海，作一个“无名”之辈。我自己则御风而行，飘然会同了北海若，转往藐姑射之山，大谈一通相对主义。

2004 年 12 月 31 日

原载《文汇报》2005 年 1 月 31 日，编者改题为

《作家宗璞：汉字简化让我不得不扔掉了本名》

散失的墨迹

最近收到老友资中筠、陈乐民来信，告诉我，在沈建中著《施蛰存游踪》中有一段关于我父亲的材料。上世纪四十年代在昆明，施先生常和父亲在翠湖边散步。父亲赠他两幅字，一幅写的是：“断送一生唯有酒，寻思百计不如闲；莫忧世事兼身事，须著人间比梦间。”另一幅是：“鸭绿桑乾尽汉天，传烽自合过祁连。功名在子何殊我，唯恨无人着先鞭。”两幅字都有上款，有印章。

施蛰存是一位中西融会、古今贯通的学者，创作学问都达高致，只是命运不济，一直被视为文坛另类。有时和中筠、乐民谈起，都为世事诡诙而慨叹。

来信是乐民执笔，他患病已十余年，在学术道路上始终没有停步，对冯学很关心，著有论文，为哲学界人士所称道。他们每发现有关材料，必告诉我。这次的信仍用毛笔书写，蝇头小楷，大有卫夫人簪花品格。我早已老眼昏花，偶然写字都是盲书，手持信纸只有佩服。

“断送一生唯有酒”，这首诗我估计不是父亲自作。后来我的“老战友”杨柳借助百度，立刻弄清这是韩愈的《游城南十六首·遣兴》。（顺便说一句，我父亲的祭母文中“维人杰之挺生，皆造化之钟灵”，我一直怀疑“挺生”应为“诞生”，是排印错误，经杨柳查辨，证明排印无误。）“鸭绿桑乾尽汉天”一首，我原以为是父亲自作，后来读到刘宜庆先生的文章，知道这是陆游的诗。乐民信中说这是一幅立轴，且有影印。前几年，从立雕得知，嘉德公司要举行一次字画拍卖专场，并寄来一本材料，上面印有要拍卖的字画，其中有父亲的一副对联，写的是“功名在子何殊我，唯恨无人着先鞭”这两句，笔迹饱蕴秀气。这是父亲书法的特点。拍卖品中也有闻一多先生的一幅字。立雕乃到现场观察，冯字经几次较量，以两万元被一个中年人买去。此对联无上款，可能是故意去掉了。

又有一天，时间较嘉德拍卖还要早，北大程道德先生送来一本自编的《二十世纪中国文化名人墨迹》。程君是书法爱好者，收集了许多书法，影印成册，其中有父亲的一幅，写的是“灵龟飞蛇感逝川，豪雄犹自意惘然。但能一滴归沧海，烈士不知有暮年。读曹操《灵龟寿》”。这是父亲在一九七四年写的一首诗，有小序云：“曹操《灵龟寿》辞意慷慨，然犹有凄凉之感。今反其意而用之。”“龟虽寿”书法写为“灵龟寿”，显系误记。此幅字上款是“紫光同志属书”。父亲与金紫光并不相识，经人代求而写此字。现在这幅字流落市间，程先生以三千元的价格购得，编入此册。据说还有一位书法爱好者，到各市场去“捡漏”，以九百元买得冯先生一幅字，雀跃不已。

我自己曾做一件傻事。有人从上海写信给我，说一书画店有冯先生一个中堂，是二十年代写给孔德成的。我托人去看，说写得不错；店中人并说，此件从海外传进来，得到很不容易。乃以七千元买回。亲眼见时，觉得不像，尤其是神气不像，家人也都认为是伪造。弄虚作假真是无孔不入。

父亲曾为王伯祥先生写了一个条幅，写的是李翱诗“练得身形似鹤形，千株松下两函经。我来问道无余说，云在青天水在瓶”。四十年代父亲常写李翱的两首诗，这是其中之一。王伯祥之子王湜华曾将此字拿到我家，让我欣赏。我非常喜欢这幅字，那诗的空灵和字的隽秀浑然一体，沁人心脾。我将此字送到荣宝斋复制，悬于壁间，每日相对。侄儿冯岱自美归来，见到此字也非常喜欢，便让他带走了。想再复制一幅，找王湜华找了好几年，好容易托人找到了，可是他却不知道字在哪里。可能家里字画太多，又不知要找多久，真是添麻烦了。

最近又有人告诉我，在河南电视台“鉴宝”节目中，有父亲的一幅字，估价三十万元，不知道是什么字，也不知道后来流落何方。我并不打听。该知道的事要全知道是不可能的，先就得累死。

父亲曾说有一位先生评一个人的书法，说其俗在骨，不可救药。我觉得父亲的字是其秀在骨，是天生的，练不出来的。他从来也没有练过字，都是随意写来。其俗在骨不能医，其秀在骨不可学。

我们从小的生活有一个内容：为父亲研墨、拉纸。研墨常是我和弟弟的事，两人轮换着磨，眼看砚池里的清水变成墨汁，总觉得成绩很大。拉纸则大多是我的事。父亲写字时，要有人站在桌对面，慢慢把纸拉过去，他好往下写。纸有时要熨，那是母亲的事。家里始终没有预备毛毡一类的铺垫，可见不是书法家。最初我拉纸时，父亲是站着写字，写得很直，间隔匀称，自己看看，说行气很好。老来写字，一行字总要向右歪。我提醒说歪了，歪了。他答应着，却总是正不过来。给我写的一副对联“高山流水诗千首，明月清风酒一船”，下联便是斜的，我称为斜联。约在八十五岁后，他改为坐着写，手抖，字的笔画有时不准确，但仍写了不少幅。这几天在书橱中翻出父亲的一幅旧作，写的是“一别贞江六十春，问江可认后来人，智山慧海传真火，愿随前薪做后薪”。最后写着“时年八十有九”。一九八二年我陪侍父亲到他的母校哥伦比亚大学接受名誉博士学位，他写了这首诗，并将此诗写了一个条幅，赠给美国汉学家狄百瑞教授。当时西南联大校友毛春帆也想要字，父亲说回去再写。两年后他践约，写了这幅字，可是不知往哪里送了。这幅字一点没有歪，笔锋虽有不匀，整体看来仍觉遒劲有力。这是精神的力量。

人民出版社哲学编辑李之美在网上看到父亲的字，说真好看，建议将所有的字搜集在一起影印成册，出一本冯友兰书法。我一直无暇顾及此事。这当然是应该做的，应该做的事真多，怎么办呢。

2007年10月22日

原载《人民日报》2007年11月6日

“大乐队”是否多余

六月中旬的一天，我携高个儿外甥女到国家大剧院，聆听海上昆曲名家演唱会，一路十分兴奋。我很喜爱昆曲，却是外行。外甥女更是从来没有听过昆曲。进得剧院，走过大厅，见两旁壁饰辉煌，头顶水纹荡漾，已是惊叹。到演出厅前，窗内华灯千盏，窗外一片碧波，灯光水色，交映出琉璃世界。心想，剧院已经美到这样地步，演出还不知怎样摄人心魄。

不料，我们陆续受到挫折。进音乐厅后，需下多个无扶手的台阶，才能到达座位。据说，无论到哪一排，都要从最高处下。这也许是根据什么声学原理，也许我们不会走。

坐定后，便想看节目单，外甥女跑了一圈，得到的回答都是“没有”。幸好旁边坐了一位年轻的昆曲行家，事先在网上抄了节目，让我们不至过于茫然。

昆曲行家是一位女士，穿一件淡绿色改良旗袍，是自己设计的。她做了预习，一个人下午便来到剧院附近，可谓粉丝了。

第一组节目，是青年演员演唱，都是《牡丹亭》片段。台上出现一个庞大的乐队，先奏了一通序曲，声震屋瓦。演员出来了，开始演唱。乐队并不退场，而是进行声势浩大、喧宾夺主的“伴奏”。他们把舞台占了一大半，只留给演员一个台口。因为原不指望看表演，也就无可挑剔。可是在庞杂的声音里，留给演员的空间也不多，而他们本该是主角。真觉不可思议。

“袅晴丝吹来闲庭院，摇漾春如线。”“可知我一生儿爱好是天然。”“良辰美景奈何天，赏心乐事谁家院。”美丽的词句和唱腔，迷失在乐器的轰鸣里。只觉一片混乱，也许是我们不会听。

我们听不清演唱，渐渐愤怒起来，几乎想喊口号：“请乐队下台！”但我们都是知书达理之人，只能耐心听下去。其实，那时就是喊口号，他们也听不见。

年轻的昆曲行家和我都想起《红楼梦》中贾母的议论。老太太说，只用一两支笛子，演员在水的另一边，细细唱来，借着水音才好听。贾母本是最讲究生活的，这真是深谙听曲三昧了。我联想到大剧院中的水波，是不是可以派上用场。

昆曲行家接着贾母的议论说：“看来昆曲只适合唱堂会。”我说：“一次小范围的演唱，可谓小众，有许多小众，不是就成了大众化？”

下一组节目是名演员表演，乐队总算下台。我期待计镇华先生唱“弹词”的“七转”或“九转”，我最喜爱计先生的歌唱，尤其是高音，只是听得不多。那几句“半棵树是薄命的碑碣”“我也不是擅场方响马仙期”，真是余音绕梁，三日不绝。可是，他唱了“四转”，而“四转”的音调很平。不过，总算听过真人唱了。

最后，作为压轴，乐队又上了台，我已经不记得演唱了什么曲目，只记得其声响雄壮有力，简直如军乐一般。也许是夹杂了什么别的音乐元素，而我们这些外行耳朵都不习惯。

外甥女记得她从医学院毕业那年，在中央音乐学院听过的那场音乐会，真是艺术享受。那已是二十年前的事了，我也记得她回来时兴奋的神色。这一次看演出后，却很不满足，有些发蔫，想是“军乐”震的。

我们想建议免除或减少昆曲的“交响乐”伴奏。具体情况一定很复杂，有些是我们不懂的。不过，既这样想，就这样写出来。

原载《新民晚报》2008 年 9 月 17 日

变　迁

上世纪七十年代末，中关村出现了一家农贸市场。那是新事物。去看过吗？人们互相问。

我也去了。哎呀！只觉五光十色。各种各样的农产品，大葱雪白，青菜碧绿，黄瓜土豆西红柿，真是十分可爱。当时的欢喜，简直可以说是心花怒放。

不久，路边有了摊贩，又有了一些小杂货铺、小饭馆。人们从长久的束缚中解脱了，一点一点尝试着吸进新鲜空气。

转眼已是八十年代中叶。一个细雨蒙蒙的秋天下午，我和外子仲从颐和园出来，走过牌坊去乘公共汽车。“那里有一家西餐馆。”仲指着斜对面不远处。“我们去看看。”我说。那时的我，什么都要看看。

门口挂一个小牌“维兰西餐馆”。院子很小，屋子也不大，只有三四张桌子。因时间还早，并没有客人。一位中年人迎出来，大概是店主了。“吃西餐吗？”他问。我们坐下来，那中年人自去厨房。

店内陈设简单，桌上倒是铺了台布。从我的座位可以看见厨房，那中年人正带着一个助手在操作。菜做好了，中年人走出来，和我们攀谈。他姓郑，原在“法国府”任厨师，允许个体户开业后，出来开这家餐馆，已经两三年了。

“尼克松来参观过。”郑经理指指墙上的照片，那是尼克松第二次来华时的留影。

他的手艺很好。我和仲常记得那蒙蒙秋雨，那家小店和美味的汤。

当时，父亲已不大能出门，我托人到维兰买他喜欢的炸虾，告诉他今天有这个菜，他总是很高兴。他往往是知道要吃什么，比真的吃到还高兴。

九十年代初，又一次从颐和园出来，看见东宫门南边有一个大门，挂了很大的牌子，写着“维兰西餐馆”几个字。原来它迁到这里了，里面是两层楼，扩大多了。

一次，和王蒙贤伉俪游香山后，在此处同进午餐。那天，谈得较多的是义山诗，王蒙对义山诗的见解多出于平常心。我以为只有这样才能理解感悟。若一矫情，就拐了弯，不对路了。

又过了些时，维兰不见了。一个住在附近的亲戚告诉我们，它迁回原址了。它确实迁回原址，不过气派已经大不一样。它和整个社会同步前进，已经不再是“乡镇企业”，从门脸到店内陈设，都有些洋了。唐稚松学长特邀我们一聚，选在维兰。饭间，稚松学长念了一首小令，我不大懂他的湖南口音，要他写在餐纸上。现在只记得结尾几句：“无人赏，自家拍掌，唱得千山响。”我们都喜欢这首小令。

以后，没有人提起那西餐馆。一天，报纸中夹了一份广告，通知维兰又搬迁了，迁到中关村一座楼内。再去时，陈设布置已颇优雅，每张桌上有一个小花瓶，插了一朵康乃馨。郑经理坐在店角的一张椅上，已是老人了。

杨振宁先生的二弟振平偕眷来京，来看望我。他是我的弟弟钟越中学时的挚友。他们常在昆明文林街上一起走，钟越瘦长，振平较矮，我还记得那景象。我们到维兰进餐，说起许多往事。他说一次在我家，他和钟越一起看一本笑话书，笑个不停，我在一旁问他们为什么笑，他们不肯说。自抗战胜利复原以后，他们从未见过面。

母亲没有看见中关村的农贸市场。后来农贸市场以早市的方式出现，畅春园附近有早市，后又迁到圆明园西侧。前几年偶尔去过，看着各种东西都很平常。想想上世纪七十年代末的感觉，那时真是可怜。

早市之外有超市，超市里面的东西极多，又很方便。这应该都是母亲关心、喜欢的。母亲于一九七七年十月三日离开了我们，她完全没有赶上变迁。

以后，又一个亲戚说，她曾请人到维兰进餐，到了那座大楼却找不到。说是又搬迁了。

没有广告出现，我们几乎忘记了这家餐馆。一天，乘车经过万泉河路，同伴忽然说："维兰搬到这里了。"果然路边有一家店，几个顶端弧形的大窗连着。现在的门脸，不仅很大，而且极洋。

我又去了这家餐馆，桌椅陈设又升了一级。尼克松留影仍在壁上。墙上挂了大幅横标，他们正在举行二十六周年店庆，而且一定还会有所发展。遗憾的是，菠菜泥子汤已不如在那俭朴的小院和着蒙蒙秋雨所尝的了。

也许，这些年尝过的东西太多了。也许，一起品尝滋味的人没有了。也许，胃里虽然丰富了，头脑却还没有足够的自由驰骋的空间。我望着汤盘发愣。我不挑剔。

我有一张五人照片，上有父母小弟，还有仲和我。时光流逝，把他们都带走了。

只有我踽踽独行，在不断变迁的路上，向着生满野百合花的尽头。

原载《解放日报》2008 年 12 月 17 日

李姐趣事

李姐原是响当当长春第一汽车制造厂的正式会计。退休后闲居在家，每日里和丈夫大眼瞪小眼，不仅无聊，还要吵架，便出来找个事做。也是机缘凑巧，今夏来到我家，接替了伴我多年的小高，照顾我的生活。在我这个小小天地里，除我外，她的年纪最长，乃被尊称为李姐。

李姐办事认真，为人随和。因我怕忘事，要求做备忘录，她不怕麻烦，事无巨细都记下来，倒叫我惶惶然，有被做起居注之感。又要求不必记，她立刻照办，也不嫌我主意多变。她做起事来有些特点，一日半，一日慢。何谓半？可以举例说明：我因左臂臂丛神经受到损害，失去活动能力，许多事要人帮助，李姐会在袖子穿到一半的时候，突然跑去找月历，要看看最近的哪一个节气。正在摆药时，忽然起身去关窗。正准备念文章，又起身去穿衣服。这种情形，莫名其妙地使我想到中学时看到的一次演出，在西南联大附中时，常有文艺表演活动，我不记得看的是什么剧，几十年来却一直记得一个场景：两个笨仆人在扫地，你往我脚上扫，我往你脚上扫，把好容易扫到一起的垃圾又扫开来。饰演这两个仆人的是张奚若先生的女儿张文英和袁复礼先生的女儿袁疆。她们是最要好的朋友，比我高两班。当时有一位赵老师，说话有一口头语，什么话都要加两个无意义的音“leshi”，可用汉字“勒是”表示。比如说，八点钟上课，她就要说：“八点钟上课勒是。”后天交作业，她就要说：“后天交作业勒是。”一时间，许多同学都学着说这两个音，在说话间加上这两个音，“勒是，勒是”不绝于耳。张、袁二位最热心模仿赵老师，使用“勒是”很顺溜。我和她们不同班，但见了总要说说话。一次，和张文英随便说着什么，她几乎每句话都加上“勒是”，我说：“你们使用‘勒是’的水平很高啊。”她说：“你说对了勒是，我比袁疆用得好勒是。”她还说，她们最大的兴趣是睡觉，袁疆这一点比她突出。那时的中学生如今都已白发苍苍，再也“勒是”不起来了。我们那一段颇具憨态的少年生活只能向梦里寻找。

话说远了，再说李姐。李姐的另一特点是慢，别人两分钟做的事她至少要四分钟，好在我这里没有什么大事。她到后面房间取东西，去了回来，我说：“我还当你去了长春呢。”

她说：“没有，只上了趟天津。”

这样几个月过去了，她的“半”已经改进。我帮她小结工作，指出她慢的特点。不料，她自有妙论，说：“你知道刘易斯吗？”

我说：“当然知道。”

她说：“刘易斯虽然跑得快，但平时做任何事情都比别人慢，连训练时都慢，只在比赛时快。”

我说：“原来你是小刘易斯啊。”

她说：“怎么是小刘易斯，我的年纪比他大。”

我说：“那么你是大刘易斯。”

于是，我们大笑起来。笑得前仰后合，几乎岔了气。

李姐与人讨论蒸馒头，各自讲述了若干蒸馒头法则之后，李姐说：“不过，我蒸的馒头都是趴着的，站不起来。”

我说：“站不起来没关系，只要跑得快。”

“馒头咋跑哩！”李姐说，“馒头咋跑哩？”

于是我们又大笑，笑得个不亦乐乎。笑够了各归各位安静干活。

2011 年 12 月

原载《新民晚报》2011 年 12 月 26 日

铁箫声幽

常觉得我们这一代人很幸运。旧书虽念得不多，还知道些；西书了解不深，总也接触过。没有赶上裹小脚、穿耳朵，长达半尺的高跷似的高跟鞋也还未兴起。精神尚不贫乏，肉体不受虐待，经历更是非凡。抗战那一段体会了人的最高贵的精神、信念与坚忍；“文革”那一段阅尽了人的狠毒与可悲。我们的生活很丰富，其中有一项看来普通、现在却让人羡慕、值得大书特书的，那就是，我们有兄弟姊妹。

传统文化讲五伦，其中之一是兄弟。常听见现在的中年人说：他们最羡慕的就是别人有兄弟姊妹。想想我的童年，如果没有我的哥哥和弟弟，我将不会长成现在的我。

我们兄弟姊妹四人，大姐钟琏长我九岁，所以接触较少，哥哥钟辽长我四岁，弟弟钟越小我三岁。整个的童年是和哥哥、弟弟一起度过的。抗战胜利，我们回到北平，回到白米斜街旧宅中，这座房屋是父母的唯一房产。有一间屋子堆满了东西，和走的时候完全一样。那时冬日取暖用很高的铁炉，称为洋炉子。烧硬煤，热力很大，便有炉挡，是洋铁皮做成的，从前常在上面烤衣服。我们看到那铁炉依旧，炉挡依旧。最有趣的是炉挡上面写了两行字，也赫然依旧。这两行字是："立约人：冯钟辽、冯钟璞。只许她打他，不许他打她。"当时在场的人无不失笑。父亲说："这是什么不平等条约！"那时哥哥已经去美国留学，那条约也因炉挡的启用擦去了，他没有再见到我们的不平等条约。

我已不大记得怎么会立下那不平等条约，却有些小事历历如在目前。清华园乙所的住宅中有一间储藏室，靠东墙冬天常摆着几盆米酒，夏天常摆着两排西瓜。中间有一个小桌，孩子们有时在那里做些父母不鼓励的事。记得一天中午，趁父母午睡，哥哥在那里做"实验"，我在旁边看。他的实验是点一支蜡烛烧什么东西，实验目的我不明白。不久听见母亲说话，他急忙吹灭了蜡烛，烛泪溅在我身上。我还没有叫出来，他就捂住我的嘴，小声说："带你去骑车。"于是我们从后门溜出。哥哥的自行车很小，前后轮都光秃秃的没有挡泥板，但却是一辆正式的车，我总是坐在大梁上左顾右盼游览校园。哥哥知道我喜欢坐大梁，便用这"游览"换得我不揭发。那天的"实验"也就混过去了。

后来我要自己骑车了。我想那时的年纪不会超过九岁，大概是八岁。因为九岁那年夏天开始抗战，我们离开了清华园。我学会骑自行车完全是哥哥的力量。那时在清华园内甲乙丙三所之间有一个网球场，我们好像从来没有打过网球，只在地上弹玻璃球。我在这场地上学骑自行车，用的是哥哥的那辆小车，我骑车，他在后面扶着座位跟着跑。头一天跑了几圈，第二天又跑了几圈。我忽然看见他不跟着车了，而是站在场地旁边笑。我本来骑得很平稳了，一见他没有扶，立刻觉得要摔倒，便大叫起来。哥哥跑过来扶住，我跳下了车，捏紧拳头照他身上乱捶。他只是笑，说："你不是会骑了吗？"我想想也是。可是，下一次还是要他扶，他也就虚应故事地跟着跑。就这样我学会了骑自行车，我可以骑姐姐的成人的女车，在清华园里转悠。常从工字厅东边沿着小河过小桥，绕过大礼堂，经过图书馆前面，再经过当时的校医院——这座建筑还在吗——最后从工字厅西面回家。有时一直骑到西院，去看看那一片荒野。当时清华园内人很少，骑车很自由。后来，上个世纪六十年代，我常骑车从灯市口到建国门去上班。我从学车起到停止骑车从未摔过跤。

到昆明以后，哥哥上中学，我和小弟上小学。我们所上的南箐学校因为躲避日本飞机的空袭，迁到昆明郊外岗头村，我们都住校，家还在城里。后来家迁到东郊龙泉镇，我们又在城里住校。不记得是怎么回事了，总之有很长一段时间我们常在周末从乡下走进城，或从城里走到乡下，一次的距离大约是二十里左右。我们三个人一路走一路说话，讲故事，猜谜语，对小说的回目，对的主要是《红楼梦》和《水浒》的回目，《三国演义》我不熟。还有一项重要内容是讲自己编的故事，轮流主讲。大概也是编故事的需要，三个人每人有一个国家，哥哥的国家叫“晨光国”，在北极；弟弟的国家叫“英武国”，在海底；我的国家叫“逸坚国”，在火星上。不知为什么，我从小便对火星有兴趣，到现在也觉得火星很亲切。我的兄、弟后来都是工程师，但他们在文艺方面的天赋绝不逊于我，故事编得很热闹，可惜我都不记得了。

家里孩子多，吃饭就成为一个有趣的局面。我小时有一个习惯，就是喜欢脱鞋。尤其是在吃饭的时候，觉得脱了鞋最舒服。这时，哥哥就会把鞋拿走藏起来，我便闹着要鞋，弟弟便会找鞋，常常是笑作一团。到后来还是哥哥把鞋拿出来，我又赖着不肯穿。直到母亲发话：“不要闹了。”才算安静下来。

后来我上了联大附中，一度在城里住校。那时联大附中没有宿舍，甚至没有校舍，不知是借的哪里的一个大房间，大家打地铺。一次我生病了，别人都去上课，我昏昏沉沉地躺在空荡荡的大房间里。“妹”，是哥哥的声音，睁眼只见他蹲在我的“床”边。他送来一碗米线，碗里有一个鸡蛋。

哥哥于一九四二年考入西南联大机械系，他不用功，却热心演话剧。参加演出过曹禺的《家》，饰演觉新。我和小弟随父母去看演出那一晚，在高老太爷去世那一场，哥哥把觉新头上的孝布去掉了，为的是怕母亲看了不高兴。他还写小说，我还记得他有一篇小说的第一句是“不疾不徐的雨”。他的文字是很好的，字也写得好，还会刻图章。那时的男孩似乎都会刻图章。他大学二年级时志愿参加远征军，直接在反法西斯战争中做出贡献。有一次他从滇西回昆明度假，看见我的头发长了，要给我剪一剪。他说：“头发为什么要剪成那样齐？剪成波浪式的不好吗？”当时大家都认为他很荒谬，没想到几十年后头发真的不以“齐”为美了。抗战胜利后，哥哥获得美国总统自由勋章，获得此项勋章的翻译官共二十二人。我曾想就此写一篇文章，介绍这些好男儿，因为要用一些英文材料，我的眼睛已坏，不能阅读，便放弃了。文章虽然没有写，对那些投笔从戎的大哥哥们，无论得没得勋章，我都永远怀有敬意。

以后，哥哥到美国就读于宾夕法尼亚大学，继续读机械系，也继续开展他多方面的兴趣。他喜欢击剑，入选了校队，代表学校出去比赛；还学过几个月芭蕾舞。工作以后学会开飞机，曾开着飞机从所住城市到另一城市去看望朋友，乘客只有一人，就是我后来的嫂嫂李文沛。上世纪七十年代哥哥一家回来探亲，说到此事，父亲说：“敢开飞机倒不稀奇，难得的是有人敢坐。”大学毕业以后，他根据兴趣又读了数学、物理两个专业。至今他还在研究有关电的问题，前两年曾回国参加静电学会的活动，但是他的理论很少人支持。前些时，哥哥来电话，告诉我一个不幸的事件，他的钱包丢了。别的都没有关系，只是其中的飞机驾驶执照也丢了，他觉得是一大损失。我安慰道：“你反正也不开飞机了。”他沉默了片刻，说：“用不着了——也不可能再补发了。”

九十年代初，我出版了一本散文集，书名为《铁箫人语》。取这个名字是因为家里有一支铁箫。书出版后不久，南京的“洞箫博物馆”——也许是“乐器博物馆”——来人要求看一看铁箫。他们说他们藏有铜箫，还没有见过铁箫。我把箫拿给他们看，他们观看良久，又试吹过，承认它是一支箫。但我想大概不是很合格。然而它究竟是一支箫，而且是铁箫。我还为这只铁箫写了一小段题记：

> 我家有一支铁箫。
>
> 那是真正的铁箫。一段顽铁，凿有七孔，拿着十分沉重，吹着却易发声。声音较竹箫厚实，悠远，如同哀怨的呜咽，又如同低沉的歌唱。听的人大概很难想象这声音发自一段顽铁。
>
> 铁质硬于石，箫声柔如水；铁不能弯，箫声曲折。顽铁自有了比干七窍之心，便将美好的声音送往晴空和月下，在松阴与竹影中飘荡，透入人的躯壳，然后把躯壳抛开了。
>
> 哦，还有个吹箫人呢，那吹箫人，在哪里？

吹箫人可以吹出不同的曲调，而铁箫只有一个。

是谁制作了这支铁箫？制作了这支可以从箫声和箫的本身引出许多联想的铁箫？是我的哥哥——冯钟辽。

箫属于中国文化，可以引起许多中国式的联想，都是陈货，也就不必说了。依我的极为有限的见闻，在冯钟辽做这支箫以前，从没听说过铁箫。它既是乐器，又可以做武器。我常想，最好能有一位女侠，用的兵器是铁箫；抡圆了可以自卫救人，扫尽人间不平事；吹响了可以自娱娱人，此曲只应天上来。也许，我哪天真会写出一篇武侠小说来。

在昆明时生活很艰苦，最常用的乐器只是口琴。母亲吹箫，当时家中有两支玉屏箫，母亲时常吹奏的乐曲是《苏武牧羊》。哥哥制作铁箫便是受竹箫的启发，用一根现成的废铁管，根据一点点中学物理知识，钻几个洞，居然可以吹出曲调，大家都很高兴。我们就是这样因陋就简，使得生活充实而丰富。

哥哥制作铁箫，只不过是他众多兴趣中的一项。他现在最主要的兴趣还是在电学。八十八岁了，仍不断做实验。我说："可别像苏东坡一样，为制墨，把房子烧了。"哥哥的科学知识当然比东坡强多了，房子是不会烧的。但是实验做起来也颇麻烦，哥哥却乐此不疲。在他自己的实验的过程中，就有了辉煌。

2012 年 2 月 3 日

原载《随笔》2012 年第 3 期

云在青天

一〇一二年九月九日，我离开了北京大学燕南园，迁往北京郊区。我在燕南园居住了六十年。六十年真的很长，我从满头黑发的青年人变成发苍苍而视茫茫的老妪。可是回想起来也只是一转眼的工夫。六十年中的三十八年，我有父母可依。还有二十二年，是我自己的日子。在这里，在燕南园，我送走了母亲（一九七七年）和父亲（一九九〇年），也送走了夫君蔡仲德（二〇〇四年）。最后八年，陪伴着我的是花草树木。

九月间玉簪花正在怒放，小院里两行晶莹的白。满院里都飘浮着香气。我们把玉簪花称为五十七号的院花，花开时我总要摘几朵养在瓶里，便是满屋的香气。我还想挖几棵带到新居，但又想，今年天气已渐冷，不是移植的时候了。它们在甬路边静静地看着我离开，那香气随着我走了很远。

院里的三棵松树现在只剩两棵，其中一棵还是后来补种的。原有的一棵总是那么地枝繁叶茂，一层层枝干遮住屋檐的一角，我常觉得它保护着我们。这几年，只要我能走动，便在它周围走几步，抱一抱它。现在，我在它身边的时间越来越短，因为已不能久站。我离开的时候，特意走到它身旁拥抱它，向它告别。如果它开口讲话，我也不会奇怪。

北京大学哲学系主任王博和几位朋友来送我，我把房屋的钥匙交给王博。是他最早提出建立故居的想法。我再来时将是一个参观者。我看了一眼门前的竹子，摸了一下院门两旁小石狮子的头，上了车，向车窗外无目标地招手。

车开了，我没有回头。

决定搬家以后，我尽量找机会再去亲近一下燕园，最主要的当然是未名湖。湖北端的那条石鱼还在，在它的鳍背上缠绕着我儿时的梦。九岁那年，抗日战争爆发，我曾在燕园暂住，常来湖边玩耍，看望这条石鱼。七十多年过去了，我长大了，它还依旧。

现在湖北侧的四扇屏一带有几株蜡梅，不过我很少看见它的花，以后也不会看见了。从这里向湖上望去，湖光塔影尽收眼底，对岸的花神庙和石桥也是绝妙的点缀。从几座红楼前向湖边走去时，先看见的是湖边低垂的杨柳和它后面明亮的水光。不由得想到"杨柳依依"这四个字。它柔软的枝条是这样婉转妩媚，真好像缠绕着无限的惜别之情。那"依依"两个字，真亏古人怎么想得出来！每次到这里，我总要让车子停住，看一会儿。

在燕园流连的时候，我总在想一件事，在我离开家的时候，正确地说是离开那座庭院的时候，我会不会哭。

车子驶出了燕南园，我没有回头，也没有哭。

有人奇怪，我怎么还会有搬家的兴致。也有朋友关心地一再劝说老年人不适合搬家。但这不是我能够考虑的问题。因为"三松堂"有它自己的道路。一九五二年院系调整，冯友兰先生从清华园乙所迁到北大燕南园五十四号。一九五七年开始住在五十七号。他在这里写出了他最后一部巨著《中国哲学史新编》。他在自传《三松堂自序》中有几句话："三松堂者，北京大学燕南园之一眷属宿舍也，余家寓此凡三十年矣。十年动乱殆将逐出，幸而得免。庭中有三松，抚而盘桓，较渊明犹多其二焉。"这是"三松堂"的得名由来。北京大学已经决定将"三松堂"建成冯友兰故居，以纪念这一段历史，并留下一个完整的古迹。这是十分恰当的，也是我求之不得的。我必须搬家，离开我住了六十年的地方。

搬家就需要整理东西，我眼看着凌乱的弃物，忽然觉得我很幸运，我在生前看到了死后的情景。"三松堂"内的书籍我已先后做了多次捐赠。父亲在世时，便将一套《百衲本二十四史》赠给家乡唐河县图书馆。父亲去世后，两三年间，我将藏书的大部分，包括《丛书集成》和《四部丛刊》等分批赠给清华大学思想文化研究所，他们设立了冯友兰文库，后转归历史系，两个大房间装满了一排排的书，能在里面徜徉必是一件乐事。现在做最后的清理，将父亲著作的各种版本和其他的书一千余册赠清华大学图书馆。我曾勉力翻检这批书，有些是我从未见过的，书名也没听说过。如有一本《佛国碧缘击节》，很大的一本书，装帧极好。我很想看一看内容，可是只能用手摸摸。清华大学图书馆很快建立了一间冯友兰纪念室，陈设这些书籍。河南南阳卧龙区档案馆行动较早，几年前便要去了书房、卧室的主要家具。唐河县冯友兰纪念馆建成后，我也赠予了少量家具和衣物等。还有父亲在世时为唐河县美学学会写的一幅字，可能这个组织后来没有成立，这幅字就留在家里。现在正好作为唐河县纪念馆的镇馆之宝。韩国檀国大学有教师在北大学习，知道要建冯友兰故居，便来联系，便也赠给他们几件什物和书籍。他们要在学校中辟出房间，专门摆放，以纪念冯友兰先生。

最主要的东西仍留在“三松堂”，包括照片、各种文稿（含少量手稿）、信件、字画、生活用品、摆件及书籍和家具，还有父亲写的几帧条幅。这里的东西有的并不止限于六十年，几个书柜是从上世纪三十年代便在清华园乙所摆放过的。多年不曾开过的抽屉里，有一叠信封，上印“昆明国立西南联合大学冯笺”，是父亲没有用完的信封。一个旧式的极朴素的座钟，每半小时敲打一次，夜里也负责任地报时。父亲不以为扰，如果哪天不响，反而会觉得少了什么。院中的石磨是母亲用来磨豆浆的，三年困难时期母亲想改善我们的生活，不知从哪里得来这个石磨，但实际没有磨出多少豆浆。这些东西，般般件件都有一个小故事。将来建成后的冯友兰故居，有他的内容在，有他的灵魂在。

我们还发现了一份完整的手稿《新理学答问》。纸已经变黄变脆，字迹却还可以看清。我决定将它送给国家图书馆。在那里已经有了《新世训》《新原人》的手稿，让它们一起迎接未来。

东西是一件一件陆续积累的，散去也不容易，我一批一批安排它们的去处。到现在已近一年，可以说才进入尾声。在这段时间里，一切都进行得很自然，我没有一点感伤。一切事物聚到头，终究要散去的，散往各方，犹如天上的白云。

最有影响的是冯友兰的著作。近来，许多报刊都刊载了韩国总统朴槿惠的话，她说，在她处于生命的最低谷时，是中国哲学家冯友兰的《中国哲学史》像灯塔一样照亮了她的生活。西南联大校友吴大昌写信来，说他看到了二〇一二年出版的一本书《冯友兰论人生》，其中一篇文章《论悲观》是为他写的。一九三九年在昆明，他向冯先生请教人生问题，冯先生为回答他的问题写了这篇文章，他得到了帮助。他说：“我是一个受益的学生。我钦佩他的博学深思，也感谢他热心助人。”这都是中国哲学的力量。学中国哲学是一种受用。近年来，有一百多家出版社出版了冯友兰的著作。海外关于冯著的出版也从未断绝。《中国哲学简史》一九四八年问世以来，一直行销不衰。“贞元六书”中的《新原道》于一九四六年经英国人 Hughs 译成英文，名为《中国哲学之精神》在伦敦出版。我一直以为这本书没有能够再版。最近得到消息，这本书在这几十年间，一直有英、美数家出版社出版，隔几年便出一次，最近的一次在二〇〇五年。我非常惊异这本书的生命力，和冯著其他书一样，“文章自有命，不仗史笔垂”，它们勇敢地活着，把力量传播到四方，如同云在青天。

在这个世界上有很多不公道，但还是善良的人居多。对那些关心我、帮助我的人，我永远怀着感激之情。有些帮助是需要勇气的。从这里我看到人的高贵，一些小事也是历历在目。就燕园而言，北大校方对我时有照顾。还有那些不知名的人。地震期间，来帮助搭地震棚的学生和教师，他们走过这里便来帮忙。一次修房，需要把东西搬开，有一个班的学生来义务劳动，很是辛苦。就在我离开燕园的前几天，有人在信箱里放了一张复印件，那是一篇关于父亲的文章（《1948—1949 冯友兰再掌清华》）。放的人大概怕我没有看到。一切的好意我都知晓、领受，不能忘记。

一次从外面回来，下车时，一位中年人过来搀扶，原来是一位参观者。还有一位参观者从四川来，很想向冯先生的照片礼拜一番。当时我的原则是，室内不开放，只能在园内参观。不料，这位先生在甬路上下跪，恭敬地三叩首，然后离去。一位北大校友来信说，他在学校五年，没有到过燕南园。现在要回学校来，目的之一是看看“三松堂”。隔些时就有人来看望“三松堂”，多年来一直是这样。这里仿佛有一个气场，在屋内的房间里，也在屋外的松竹间，充满着“蜡炬成灰泪始干”的执着和对文化的敬重，还有对生活的宽容和谅解。现在，这里将建为冯友兰故居，可以得到大家的亲近。希望这里能继续为来者提供少许的明白和润泽。

我离开了。我没有回头，也没有哭。

2013 年 2 月

原载《文汇报》2013 年 6 月 10 日

痛读《思痛录》

在读《思痛录》的过程中，不时悲从中来。这是痛读的一层意思；另一层意思是，书中说了许多别人未必敢说的话，读了使人痛快。那十八层地狱里的日子谁也不能忘怀，可是勇敢地回忆它、正视它、思索它的人并不多。而眼前的这本书是这样做的。

新时期以前，除五十年代前期外，几十年的生活总结起来，就是批判和被批判，斗争和被斗争，阶级斗争年年讲、月月讲、天天讲。人们如同站在滚油锅边上，一句真话就可以掉进去。我在小说里发明了“心硬化”这个词。“心硬化”其实就是硬起心来说假话。“心硬化”未必是改造的目标，却是一部分结果。书中说：“参加革命之后，竟使我时时面临是否还要做一个正直的人的选择。这使我对于‘革命’的伤心远过于为个人命运的伤心。”这段文字最使我震撼和痛心，人本来应该学“好”，要正直，要真诚，可是在“革命”的名义下，这些都莫名其妙地划给了资产阶级。只要提到立场，话就可以有完全不同的说法。

五十年代末，我下放回来后，写了一篇小文章《第七瓶开水》，第一句话写道："天下的母亲都是爱自己的儿子的。"自己再一看，暗叫不好，这分明是人性论，于是改掉了。改成什么样记不得了，但那一句"天下的母亲都是爱自己的儿子的"却还牢记不忘。可见无论怎样改，真事是改不掉的。"心硬化"已成为一种沉疴，不过，既然知道它是病，就会治愈。

君宜同志在"心硬化"的过程中经历较久，但她始终是一个正直的人，真诚的人。她说过假话，但她愧悔，她挣扎着要说真话。现在有些人并没有经过多少精神的折磨、心灵的摧残，为了自己的小小名利，挖空心思编造假话，我看这样的日子也不好过。《思痛录》不只记叙了过去的种种坏事，也像照妖镜一般，照出现在的一些丑恶面目。作为一个病人，写出这样勇敢、健康的文字，令人起敬。当然书里也有不够准确的地方。一个个人来看整个历史，必然或有所缺，但如果大家都能真诚地说出自己所能看到的，那就是一部真实的历史。

巴金老人在人们庆祝他九五华诞时，写下了三个字"讲真话"。这是老人始终关心的最大的事。能不能说真话，关系着我们的民族精神，或沉沦堕落，或健康发展。每念及此，心中像坠着一个大秤砣。唯愿有更多的人记住巴金老人的这三个字：讲真话。

挣扎着说真话，《思痛录》的可贵处就在这里。

1998 年 12 月

原载《文汇读书周报》1999 年 1 月 16 日

行走的人

——关于《关于罗丹——日记择抄》

曾对朋友说，若到巴黎去，一定得带上熊秉明著《关于罗丹——日记择抄》这本书（台湾雄狮图书公司出版），它能帮助理解罗丹，欣赏罗丹。

难道只是去巴黎时，看罗丹雕塑时，才需要这本书吗？其实不是的。在人生的行程中，若想活得明白，活得美些，都应读一读这本书。

许多书的归宿是废纸堆，略一浏览，便可弃去。部分书的归宿是书柜，其中知识，可以取用。有些书的归宿则在读者的灵魂中。这书便是那样，印在那里，化在那里，亮在那里。

书的封面上印着罗丹创作的铜像“行走的人”，没有头，也没有双臂，却迈开大步，在行走。书中说，这是任何自然的阻力都抵挡不住的主体精神力量的显现。

那一个奋然迈步的豪壮的姿态，好像给“走路”一个定义，把“走路”提升到象征人生的层次去，提升到“天行健”的哲学层次去。

人果真有一个目标吗？怕并没有。不息地前去即是目的。全人类有一个目的吗？也许并没有。但全人类都亟亟地向前去，就是人类存在的意义。

这是作者一九四七年的日记。我没有见过那塑像，但已被这文字感染了，启发了。

书中有许多精辟的充满哲理的艺术见解，也讲到哲学和艺术的关系。“画一个苹果，若不能画出苹果以上的意义，那大可不必画。哲学不包含丰富的现实，也一样没有价值。”我注意到这一段话是在读小说后写的。那小说是德国黑塞的《纳尔齐斯和歌尔德蒙》。

忽然记起有一位旅居海外的哲学家曾对我说，很羡慕你们写小说的人。何以呢？不明白。

一个有哲学头脑而又有艺术实践的人是有福的：一个沐浴在西方艺术之中而又曾为中国文化所“化”过的人更是有福的。书中谈到东西方艺术鉴赏的差别，谈到“人体的诗篇”、浪漫主义的主要观念等。深刻的睿智的见解仿佛很不经意地从笔端流出，让读者也觉得自己聪明了许多。

一九四九年和一九五〇年，作者两次记述了和朋友讨论回国问题。回不回去？他们处在人生的十字路口，各自做出抉择。一九五〇年初，他们曾有一次彻夜谈话，朋友们回国，作者因要继续学习，留在巴黎。在这一天日记后有一个“今注”，是一九八二年的注：

三十年来的生活就仿佛是这一夜谈话的延续——当时不可知

的，预感着的，期冀着的，都或已实现，或已幻灭，或者已成定局，有了揭晓。醒来了，此刻。抚今追昔，感到悚然与肃然。

曾有人把回来的和不回来的，不出去和出去的同一代人比作申生与重耳。果然那回来的艺术家经过不断沉痛忏悔，竟以为自己的绘画是浪费了纸张，自觉地满街捡马粪纸，以赎前愆。作者对朋友的同情是深厚的，他知道生活的分量，不像有些人只知一味责备别人的检讨。不过在揭晓之后，还有揭晓，又会有新的不可知，新的预感和期冀。

若无隽永的文字传达这些妙赏和深情，就不成为现在的“日记择抄”了。那文字是绝妙的，咀嚼三日而有余味。不知道作者怎样获得这样的文字功夫，毫不着力的功夫。照说他该有数学的天赋。

熊秉明，现任巴黎第三大学教授，是数学家熊庆来先生之子，也曾是清华子弟。少年时在清华西院，那荷塘的一侧居住过，云南是他的家乡。《择抄》中记了他对中国人——昆明人的面貌的怀念。“那面型我熟悉极了，那上面的起伏，是我从小徜徉游乐其间的山丘平野，我简直可以闭着眼睛在那里奔驰跳跃，而不至于跌仆。”

扯不断的乡思，把他从巴黎拉近了。世界在变小，因为，人在行走。

走向前去。向前去！

原载《人民日报》1989年1月26日

雕刻盲的话

熊秉明兄与我同为清华子弟，是成志小学的先后同学，可谓从小相识。但我读了《关于罗丹——日记择抄》这本书,才开始真正认识他。书中通过介绍罗丹的雕塑，有许多深邃、精辟的艺术见解，使我这对雕刻艺术一无所知的人，忽然发现了另一个境界。只是因为原是“雕刻盲”，而且盲得太深，书带来了一线光明，但还不能是大放光明。

后来便注意看雕塑展，但限于条件，看得不多。罗丹作品展出时，也赶去看了。记得有一个女头像（玛丽女王？）让我很感动。那不是普通的头像，而是砍下来的一颗头，似乎还温热。

秉明兄要在北京开个人雕塑展了。我现在看到的还只是图片，已感到一种精神，一种力量。我喜欢那铁条鹤。那是一只展翅起舞的鹤。鹤翅上扬，几乎有兰叶拂动的感觉。铁条能有这样生动、清丽的姿态，只能说是注入了作者的灵魂了。爱鹤的卫懿公如见到这尊雕塑，一定会把它摆在君王宝座之侧。那鹤则可能厌恶朝堂的纷扰，而振翅飞去。

还有那牛，仿佛可以感到那肌肉的强劲和温暖。跪牛在图片上不太清楚，我最喜欢回首牛。我觉得这牛一看便是中国牛，其实我也没怎么见过外国牛。回首牛的脸，让我想到秉明兄形容的马锅头，那么这牛不只是中国牛，且是云南牛了。

抗战期间，秉明兄在崇山密林之中，持戈卫国之时，所做的雕刻梦，终于圆了。回到故国展出一生成就，还有什么比这更快乐的事呢？我想这也是我国艺术界的一件盛事，对我国的雕塑艺术必然会起到推动发展的作用。

作为一个逐渐感到光明的雕刻盲，逢此盛事，我怎能不欢喜！我盼望亲眼见到那鹤、那牛。还有秉明兄创作的鲁迅像，陈列在北大图书馆中，已近一年。我以疏懒，尚未得见，这次一定也会见到了。我相信那塑像是凝聚着鲁迅精神的鲁迅。

1999 年 5 月

原载《中国当代艺术选集·熊秉明》，
中国美术馆，1999 年 5 月

耳读《苏东坡传》

平生最爱东坡文字。十来岁时，在昆明乡下，初读前后《赤壁赋》，那是父亲要求我们背的。文中情景“白露横江，水光接天。纵一苇之所如，凌万顷之茫然”，使人如置身其中；议论虽不太懂，却也易读易背，好文章总是容易记得。后来又迷上了东坡诗词，也深慕东坡为人。一首《江城子》：“十年生死两茫茫，不思量，自难忘。”我玩味了几十年，到现在才真的体会了那分量。苏东坡除留给我们宝贵的文学遗产外，还留下了造福百姓的各种工程，我觉得他真是了不起。其实我的了解很不全面，今年初始，读了林语堂著《苏东坡传》，才了解到他伟大人格的精髓。

写古人的传记，很难。我们没有见过传主，不认识他，只能凭借文字材料，这就要用得准确。最怕的是，望文生义，断章取义，连编带造，幻想丰富，写出来的是传记作者想象的人物，和传主相距何止十万八千里。这本《苏东坡传》也是凭材料写的，但它把握了材料的真意（好在那时还不需要现在这样深奥的“辨伪学”），一幅幅历史画面都是真实可信的。一部好的传记需要驾驭材料的本领，从中也可以看出作者的见识，甚至显示出他自己的人格。

林语堂的名字也是大家熟悉的。惭愧得很，我以前以为，他只是写点中国文化给西方人看，小说也不见得是上乘。可是这本《苏东坡传》，给了我们一个真实的苏东坡。不只是他坎坷的遭遇，也写出了他的精神，他的性格。没有对中国文化的深刻理解，是写不出的。读完这本书，我对书的作者深生敬意。

苏东坡关心人，关心民间疾苦，这是他一生的底色。书中举出他的三件事情，说它们是人道主义的表现。他被贬谪黄州时，对当地百姓因贫穷而杀死婴儿的情况深为惊骇，写信给太守，呼吁制止杀婴。他在信中叙述了杀婴的情况，并做出建议："公更使令佐各以至意诱谕地主豪户。若实贫甚不能举子者，薄有以周之。人非木石，亦必乐从。但得初生数日不杀，后虽劝之使杀，亦不肯矣。自今以往，缘公而得活者，岂可胜计哉！"

元祐七年，南方连日大雨，洪水成灾，百姓无衣食，在雨中奔走。而因为青苗法的关系，他们还背负了很重的债务，债主是朝廷。东坡亲眼看到这种情景，夜不能寐，接连七次上表太皇太后，请求宽免贫民的债务。这七次表章可以看作一个文件。

他被贬海南，遇赦回到北方时，知道章惇获罪流放，他给章惇之子的复信说："某与丞相定交四十余年，虽中间出处稍异，交情固无所增损也。闻其高年，寄迹海隅，此怀可知。但已往者，更说何益？惟论其未然者而已。主上至仁至信，草木豚鱼所知。建中靖国之意可恃以安……所云穆卜，反复究绎，必是误听。纷纷见及已多矣，得安此行为幸。见今病状，死生未可必。自半月来，食米不半合，见食却饱。今且连归毗陵，聊自憩我里。庶几少休，不即死。书至此，困惫放笔，太息而已。六月十四日（1101 年）。"要知道，章惇迫害元祐党人最厉害，把苏东坡一直放逐到海角天涯的琼州。旅途中，多次刁难，不准坐船，经过恳请才能坐一段，还要限定时间。到达目的地，又不准住官舍，东坡不得不结茅而居。连最初允许东坡暂住官舍的太守也被革职。现在，章惇获罪，也被放逐。东坡对他的态度是何等的宽容，充满了同情关心。“闻其高年，寄迹海隅，此怀可知……得安此行为幸”，关切之情，跃然纸上。

林公说，这三个文件是人道精神的三个文献。东坡的人道精神还有多方面表现。诸如修水利、建医院、舍药方、赈灾等。几乎贯穿了他为官和被贬的全部生活。

书中还着重指出了东坡的民主精神。他在给门人张耒的一封信里说：“文字之衰，未有如今日者也，其源实出于王氏。王氏之文，未必不善也，而患在好使人同己。自孔子不能使人同颜渊之仁、子路之勇，不能以相移。而王氏欲以其学同天下。地之美者同于生物，不同于所生。惟荒瘠斥卤之地，弥望皆黄草白苇。此则王氏之同也。”又在给太皇太后的上书中说：“人虽能言，上下隔绝，不能自诉，无异于马。”他主张每个人都应该能表达自己的意见，如果说出来，有关方面听不到，人不如马。如果根本没有说话的权利，岂非更不如马？

东坡和司马光的意见不同，但都不要求别人“从己”。能自由发表意见，不算民主；自己能自由发表意见，又能尊重别人发表意见的权利，才是民主。有一位年轻人问我：“西南联大的时期，三校合作无间。那些人都是学富五车、才高八斗的人物，怎么能彼此合作？”我高中毕业那年，正值复员，西南联大解散。我只是联大附中的学生，但因父兄辈在世者渐少，便也常被问及当时情况。我想，先生们大多对中西文化都有了解，有很高的素养，知道民主的真谛在于不只发展自己，也要尊重别人。也就是现在常说的不仅要做到少数服从多数，还要做到多数承认少数的存在。如果多数要消灭少数，就算不得民主。这种精神，千年前的东坡已经具有，是何等的可钦可敬。

东坡的乐观态度给后人精神的净化和鼓舞，在这本书中也得到很好的表现。无论是在黄州的穷乡僻壤或是在惠州瘴疠之地，甚至在大海的那一边的琼州，居无屋，食无米，却还兴致勃勃地和人谈神说鬼。在惠州，曾建议修建公共水利；在琼州，自己造墨，几乎把房子烧了。

东坡在黄州住了四年，还被调来调去。被任命为登州（今蓬莱）太守，只做了五天，就应召进京。这样短的时间里，他还向朝廷建议更改盐税。可惜出自何处，现在我记不得，也无力查，此传未提此事。这在东坡的诸多功绩中，也许不足道，但这也是一件为百姓造福的事，所以当地居民一直怀念他，编出了九朵莲花的传说。说是八仙过海的时候，来了九朵莲花，其中一朵是为东坡准备的，可是他没有去。看来，大家都觉得东坡是应该飘飘然坐在莲花上的。

从书中记述看到，东坡有多位女性知己。他得到几位皇后的关注，尤其是英宗的皇后，也是神宗的皇太后，又是哲宗的太皇太后的高氏，极欣赏东坡的才华，东坡的政绩大多得到她的支持。东坡的原配和继配，两位王夫人都很贤德，侍妾朝云，虽然没有得到夫人的名分，在东坡生活中却有极重要的地位。以前我以为她是杭州名妓。此传中说，她是苏夫人在杭州买的小丫鬟，进府时只有十二岁。曾见东坡一篇文字，说朝云入府时并不识字，大概是丫鬟较确切。不管她的出身如何，朝云极美且有慧根，是无疑的。秦观说朝云“美如春园，目似晨曦”。《红楼梦》第二回，贾雨村论到异气凝聚，从而产生一些不平凡的人物，也提到朝云，把她和薛涛、崔莺、卓文君并论。朝云随侍东坡，远涉蛮荒，身染疟疾而亡，惠州现有朝云墓，上有一亭，名为六如亭。我曾想为朝云写一小说，题目就叫作“六如亭”，也曾想写一篇“五日太守”，讲登州事。像我的许多胡思乱想一样，只在脑中驰骋，永远不得出世。

林公写到东坡停止呼吸，便停了笔，没有写他葬在何处。我偶然得知，东坡和子由葬在河南郏县，今属平顶山市。不知什么缘分，他们长眠在那里。我很想去瞻仰，不过看来是无望了。我现在只能在室中行走，以几步路当作万里之行。

环顾陋室，斑驳如抽象画的北墙，悬有东坡手书（拓片）“海山葱昽气佳哉”那首诗；尚称平展的南墙挂着高尔泰兄书写的《卜算子》：“缺月挂疏桐，漏断人初静”——词是我点的；案上摊着《黄州寒食帖》：“自我来黄州，已过三寒食……空庖煮寒菜，破灶烧湿苇……君门深九重，坟墓在万里。也拟哭途穷，死灰吹不起”；手里再拿着这样好的《苏东坡传》，我还有什么不知足呢。

本书原著是英文，林公的英文当然是十分漂亮的，可惜我不能读了，这是永远的遗憾。

2005年3月上旬

原载《文汇报》2005年8月22日

无尽意趣在“石头”

——为王蒙《〈红楼梦〉启示录》写

王蒙在一次电话中以他一贯的调侃自嘲口吻说：请注意了，一颗红学新星正在冉冉升起。原来他自己正在研究《红楼梦》，已写成好几篇文章了。

随即在《读书》杂志上看到两篇：《蘑菇、甄宝玉与“我”的探求》《时间是多重的吗？》。展读之余，真有炎炎日午而瑶琴一曲来熏风之感。这的确是新星，不是因撰文者新涉足这一领域，而是因文章确有新意，是以前研究者没有写出，读者没有想到，或可说雪芹也没有意识到的。王蒙挖掘出来，给予细致的分析，并注入新的内容。其思想和笔调一样，汪洋恣肆，奔腾纸上。

笼统地说别人都未见识到，未免大胆。我是红学门外汉，极少阅读研究著作，和人谈论的机会也不多，不该妄言，还是只说自己为好。我从幼时读有护花主人评的《石头记》，常和兄弟比赛对回目、背诗词，当有人来借《红楼梦》时，却答以没有，因不知这一部书有两个名字。

后来知道了，便发议论说，还是《石头记》这名字好，它点出了主人公的本来面目，包括降生在“花柳繁华地温柔富贵乡”以前的履历，“此系身前身后事”，而且这部书本身就是记在石头上的。也许有人要考证，高十二丈、见方二十四丈的大石头能记下多少文字，那就请便吧。王蒙也认为《石头记》的书名好，可谓虽不英雄而所见略同。从石头主人公，引出了一株草，引出了木石前盟的故事，使得宝黛的爱情更深挚更刻骨铭心。因为它是从前生带来的，是今生装不下的。套用“反面乌托邦”的说法，它是“反面宿命”的。深情与生俱来，却没有系月下老人的红线。石头有玉的一面，家族与社会都承认这一面。玉是要金来配的，与草木无缘。木和石乃情之结，石和玉表现了自我的矛盾和挣扎，玉和金又是理之必然，纠缠错结，形成红楼大悲剧。曾见一些评论，斥木石金玉等奇说为败笔，谓破坏了现实主义，实在不能同意。

关于绛珠仙草的想象，真是美妙极了。王蒙也是这样看的。它生长三生石畔，餐饭都不离“情”，到人世的唯一目的便是还泪。脂砚斋有批云：“细思‘绛珠’二字，岂非血泪乎？”从来多以花喻女子，用草喻女子的，除了这一株，一时还想不出别的来。花可见其色，即容颜，是外在的；草则见其态，即神韵，是内在的。这些比喻、想象和无稽之谈大大丰富了小说之所以为小说的道理。

我曾把幻境部分挑出来读，觉得特别有趣。只第一百一十六回“得通灵幻境悟仙缘”中的描写稍感凌乱。宝玉从此知道了众姊妹的寿夭穷通，渐渐醒悟。使我联想到有特异功能的不幸者，每日里见人的五脏六腑，未免煞风景。宝玉的参悟是生活使然。关于形而上的描写，应是若有若无，朦胧不清，若真像得了求签的结果似的，就索然无味了。

一切无稽之谈都来自无稽崖下的一块石头。有这块石头在读者心中坐镇，知道它从来处来，往去处去，人世间万种风光，不过转瞬即逝；和没有这块石头坐镇，只有现实的描写，给读者的印象必然大不相同。前者从已知看未知，便有种种遗憾，种种怅惘，种种无可奈何；后者从未知看未知，可能会减少这种气氛。当然书的成功在全部，不在这一局部，而石头之作用不可忽视。我很重视它，为它争“名”，却从未想到它关系到一个至深的哲理问题：“我是谁？”

雪芹当时真想到这问题吗？那真是“太抽象太超前了”。但小说的具体内容给了人发掘的依据，高兴的是有人发掘了它。

《红楼梦》中的时间，是个老问题，不少人指出过了。各人年纪只有个大概，姐妹兄弟四个字不过乱叫罢了。事件的顺序也只有个大概，是“一个散开的平面”，不只是一条线或多条线。我一直以为雪芹不肯费心思排一排年代。排出年、月、日并不增加真实性，反不利于穿插其中的种种扑朔迷离的描写，反见其“板”。及读王氏“哨位”说，大觉畅快。可不是！那哨位是在大荒山无稽崖青埂峰下，大观园中的悲欢传递到那儿不知要经过多少亿万光年。几天，几月，几年，几十年，又算得了什么！

书中还有许多问题，若从茫茫大荒彼岸的石头来看，可能都不值一提。贾府的排行很怪，姑娘们是两府一起排，哥儿们则不仅各府归各府，还各房排各房的。宝二爷上面有贾珠，琏二爷呢？那大爷何在？没有交代。贾赦袭了爵，正房却由贾政住着。荣国府的婚姻联结了史薛王成为四大豪门。宁国府在婚姻上好像很不动脑筋。秦可卿是一个小官从育婴堂抱来的。尤氏娘家也很不像样。作为警幻仙子之妹的秦可卿，其来历可能不好安排，所以就给她一个无来历，也未可知。别的一些是疏漏是不必顾及还是另有深意？

也许王著另外几篇会涉及一些具体问题，它们不像“我是谁”和时间多重那样富有哲理性，却也定有好论。《红楼梦》是一部挖掘不尽的书，随着时代的变迁，读者的更换，会产生新的内容，新的活力。它本身是无价之宝，又起着聚宝盆的作用，把种种睿思，各色深情都聚在周围，发出耀目的光辉。

近十年来，作家们写得很不少，够辛苦了。停下来做些研究或双管齐下，“作家学者化”，是大好事。因为有独特的创作体验，读他人之作，可能总会有独特的感受见解。若不写下来，就太可惜了。

1990 年 1 月中旬

原载《读书》1990 年第 4 期

感谢高鹗

初读《红楼梦》是在清华园乙所。应是在我九岁以前，因为九岁时抗战爆发，我们离开了清华园。以后在昆明，在那木香花的芬芳中又多次阅读，但都是断断续续。大概是在上大学时，读了增评补图《红楼梦》，有大某山民和护花主人等评点，那是最初的完整的阅读。五十年代，读到人民文学出版社出版的由何其芳作序的《红楼梦》，这是一次完整的阅读，似乎比较懂了，不过还是在“楼外”行走，不是“痴”也没有“魇”，我甚至没有读过脂批，也弄不清程甲本、程乙本及各种手抄本的复杂性。读小说还是要读小说本身，研究小说是另外一回事，叫作做学问。我对所有的研究者都怀有敬意，他们对《红楼梦》感情深厚，各有贡献。各种研究作为《红楼梦》的辅助读物也很有趣，它们互相启发参照，可以使读得的天地更广阔。我只是一个普通读者，有些读后感，便想说出来。

要说的主要是续书问题。近百年来，《红楼梦》后四十回一直是批判对象，说狗尾续貂是很客气的，甚至有人说它把一部伟大的作品毁坏了。全世界都在读这一百二十回《红楼梦》，亿万人为它哭坏了眼睛，高鹗却总在被批判，被否定，被讥讽嘲笑。这个现象很奇怪。续书究竟是好是坏，功过如何，值得探讨。

先说续书的功。首先在于它给了我们一个完整的故事。设想一部《红楼梦》到八十回就没有了，是何等光景？难道会有现在这样的影响么？我想是不会的。只因有了后四十回，《红楼梦》才成为一部伟大的小说；有了一百二十回，才有了《红楼梦》研究的大平台。我们说全部《红楼梦》的故事是完整的，因为它是忠实地沿着宝黛悲剧的线索发展开来的。《红楼梦》曲中“终身误”“枉凝眉”两曲，已把钗黛和宝玉的关系交代得十分清楚。“一个是阆苑仙葩，一个是美玉无瑕。”宝黛是木石姻缘，终成虚话。“空对着，山中高士晶莹雪；终不忘，世外仙姝寂寞林。”宝玉娶了宝钗而不能忘情黛玉，所以宝钗是误了自己终身。木石姻缘与金玉姻缘相对。书中从开始写木石感情节节发展，从来就在金玉威胁之下。“梦兆绛芸轩”一回写宝玉在梦中大喊不要金玉姻缘，只要木石姻缘时，宝钗就坐在床边。宝玉要回归木石本色，却逃不出金玉枷锁。续书给了宝钗坐在宝玉床边的地位，没有弄出四角、五角的多边关系，是十分忠实于雪芹的设计的。紧扣住这一根本设计从不偏离，是续书的最大成功处。应该说这就是雪芹要说的故事。

其次，续书给我们的不只是一个故事梗概，而是有高度艺术感染力的文字。宝玉说：“我有一个心早已交给林妹妹了，她来时带了来，好歹装在我的肚子里。”照园中大众看，这是痴话，痴话表现的正是海枯石烂的一种至情。王国维在《红楼梦评论》中引了一段文字，是九十六回宝玉与黛玉最后相见那一节，并评论说“如此之文，此书中随处有之。其动吾人之感情何如，凡稍有审美的嗜好者，无人不经验之也”。九十六回到九十八回，关于黛玉死的描写，都是十分动人的文字。“竹梢风动，月影移墙，好不凄凉冷淡。”这样的描写，我在七八岁时读到，现在已过了七十年，它还是那么新鲜。俞平伯老先生竟说描写黛玉死的一段文字“一味肉麻而已”，林语堂则说俞老先生是“恶人之所好，好人之所恶”。照我看，俞老先生有这样一句话，也就很难让人相信他的俗、浊等等批评了。

黛玉死，二宝成婚，实为全书高潮。紫鹃试宝玉一段，宝玉的痴情已显露无遗，怎能让他接受他人？宝玉病到半昏迷状态，在这种状态中还是念念不忘黛玉，就只有移花接木一法了，这样的写法实在是不得已。不知作者怎样呕心沥血，才成就了这文学上的千古大悲剧。

宝玉的结局，也是让人永不能忘的。白雪中一个穿大红袈裟的僧人，似悲似喜并不言语，然后飘然作歌而去。我想这比做乞丐、采药、卖字都要来得干净。多有人批评宝玉出家前拜别父母是败笔，我却以为这是最近人情处。宝玉虽是封建礼教的逆子，却不是野人。他是大情种，这情不应限于男女之情，亲情也是重要的。拜别父母的描写是合理的，中举人也无不可，算是给父母的一个交代。他这交代是按照父母的标准，而不是按照他自己的标准。只是遗有一子不妥，“终身误”中已言“空对”，宝钗应该只是宝玉名分上的妻子，而且宝玉本是一块石头，何必有子。

书中次要人物的性格发展大都符合前文。最好的是对紫鹃的描写。她没有册子可循，写来不只符合人物性格，而且更突出了这个人物。紫鹃坚守在黛玉临终的病榻旁，不肯趋炎附势，令人于悲痛中感到一点安慰，很好地表现了紫鹃这样一个平凡丫头的可敬人格。儿时所读《红楼梦》版本，附有护花主人评，依稀记得有这样的评语：紫鹃于黛玉，在臣为羁旅，在子为螟蛉，而不渝其忠，其忠则更可贵。近来海选《红楼梦》演员，谈话间不免戏言谁该演谁。一位音乐学院研究生郑重地说，我要演就演紫鹃。写紫鹃所以写黛玉，黛玉若是一味地尖酸刻薄，要小性儿，哪里会有这样的侍女。《水浒》中林冲娘子坚贞不屈，金圣叹批曰：“写娘子所以写林冲。”娘子被逼死，益增林冲悲剧之惨烈深刻。

妙玉的命运完全照册子安排，甚至有些呆板。她的断语明书“可怜金玉质，终陷浊泥中”；《红楼梦》曲子“世难容”中又明说她是“到头来，依旧是风尘肮脏违心愿”。妙玉是书中最矫情的人物。续书照着雪芹指出的方向走，却没有写出这矫情人物的丰富性。

第三，续书也反映了当时的社会。如：庄头送东西来，路上车子被官府截去，经人说情才发还，和乌进孝送年货遥遥呼应。若是现代人来编写，肯定写不出这样的情节文字。这些是续书的成功之处。

我曾设想，后四十回也是雪芹所作。后四十回的才气功力等等不及前八十回，也许是因为那时雪芹的精神才气都已用尽。写东西后面不如前面是常见的，何况这样大的长篇。有人指出，林黛玉吃五香大头菜加些麻油醋，简直不像黛玉的生活。我想那时雪芹举家食粥，吃多了咸菜，也可能写进书里。作者的生活很可能影响书中的人物。可是很快我就推翻了这种想法，后四十回为他人所续是显然的，可指出的例证很多。最大的问题是有些人物的结局不符合原意，而那结局在判词中已交代明白。如探春的判词中已说明她如断线的风筝，“千里东风一梦遥”，不会再回故土，续书中却写了回家的一段，还说她出挑得更好了。对她的远嫁描写很简单，也没有回应“日边红杏倚云栽”的签文。年未及笄即能管理偌大家事的探春、给了王善保家的一记响脆巴掌的探春，结局似太草率，应有一段花团锦簇的文字才好。又如香菱的判词中写明“自从两地生孤木，致使香魂返故乡”，比较清楚地说明了她是受夏金桂虐待致死。香菱是全书第一个出现的薄命司中人，她原名英莲，照谐音讲该是“应怜”，她又姓甄，更是真应怜了。也就是说薄命司中的人都是那么可怜。而香菱的容貌又有些像“东府里小蓉奶奶”（秦可卿，警幻之妹）。所以香菱的命应该是薄而又薄，才有代表性，写她被扶正生子不合原意。这都是老生常谈了。这样明显地违反判词，可以证明后四十回为他人所作。从文字上讲，有些篇章固然很好，但是败笔也不少。最大的败笔是宝玉重游太虚幻境，第一次游让人感到扑朔迷离，有仙气，重游的一段就似乎有妖气了。宝玉看得清楚，记得清楚，知道各姐妹的命运，岂不像练了气功，有了特异功能，能看见人的五脏六腑一样，多么别扭。又如有几句形容黛玉过生日时的打扮，全是套话。前八十回对人物的描写或浓或淡或粗或细，绝少用套话。“丹凤眼，柳叶眉”本来是极一般的形容，但“一双丹凤三角眼，两片柳叶吊梢眉”就活灵活现地画出一位厉害人物。若要挑毛病，还有许多。也有人揣测高鹗得到雪芹残稿，编辑补缀成书。这也是一种说法。我们可以把精彩片断交还雪芹，平庸文字派给高鹗。不过，补缀整理也是一个大功夫。

其实，前八十回也有不合理处，指出的人很多。近见对小红的谈论，说她在后四十回没有得到发展塑造，成了一个毫不出色的普通丫头。在前八十回，小红出身的安排就不够妥当。小红是大管家林之孝的女儿，在贾府中应属于“干部子弟”。书中写她被秋纹等欺压，不大合理。她可以不必是林之孝的女儿，安排她是个家生女儿即可，更符合现在书中表现出来的她的地位、性格。又如贾赦索要鸳鸯，贾母迁怒于王夫人，书上写迎春、惜春提醒贾母“小婶怎知大伯的事”，照迎、惜的性格不见得会出头管事。电视剧改为探春来说这句话，倒是合适。

现在专门来谈史湘云。对史湘云命运的安排有许多种，有一种是她与宝玉最后结为夫妇，以应“因麒麟伏白首双星”的回目。我想这是最不真实的故事。“白首双星”是一个谜，却是可以解释的。“白首双星”出现在回目中，本来就不够合理，因为它不符合薄命。我想这是在小说的长期写作中应改而没有来得及改的地方。据张爱玲《红楼梦魇》说，早本有个时期写宝玉、湘云同偕白首，后来结局改了，于是第三十一回回目改为“撕扇子公子追欢笑，拾麒麟侍儿论阴阳”（全抄本），但是不惬意，结果还是把原来的一副回目保留了下来。后回添写射圃一节，拾麒麟的预兆指向卫若兰，而忽略了若兰、湘云并未白头到老，仍旧与“白首双星”回目不合。“脂批讳言改写，对早本向不认账，此处并且一再代为掩饰。”这一段话讲了两件事，一是“白首双星”曾被改过，留下是失误；一是卫若兰射圃与金麒麟有关。二者都较可信。

林语堂在《平心论高鹗》一文中戏言，程伟元应悬赏征求两篇文字，一是小红在狱神庙，一是卫若兰射圃，每篇一千美金。（我建议再加一题：探春远嫁。多花一千美金。）有卫若兰射圃一段情节，似已为人接受。一九八七版电视剧《红楼梦》里也安排了这一场面，但剧中人都变了哑巴，想来是台词难写。卫若兰就是湘云的夫婿，就是那才貌仙郎。怎样把卫若兰、金麒麟、史湘云联系起来，倒要动一番脑筋。

《红楼梦》曲子“乐中悲”说湘云“从未将儿女私情略萦心上”，最后“云散高唐，水涸湘江”。若是我们尊重前八十回，应该知道，湘云和宝玉虽然自幼常在一起，早于黛玉，但并无“情”，而宝黛的木石前盟是大书特书的，怎能将湘云顶替黛玉？宝玉的人间知己只有黛玉一人。所以他说“林姑娘说过这些混账话么，若说过这些混账话，我和她早生分了”。他还对湘云说，“姑娘请别的屋子坐坐吧。”宝玉在清虚观中将一个金麒麟饰物揣起，不过是好玩而已，也使得情节发展摇曳有致。在宝玉心上，湘云和黛玉的分量是不可同日而语的。又“云散高唐”一句指丈夫早死，“水涸湘江”一句指湘云的生命结束。判词也云：“富贵又何为，襁褓之间父母违。展眼吊斜晖，湘江水逝楚云飞。”水逝云飞人何在？所以她不见得能活过宝钗。宝玉一娶宝钗已是违了初心，怎能再娶湘云。这样安排，把宝黛间海枯石烂、生死不渝的爱情降为普通的感情了。而书中已经说明木石姻缘是一种前盟，黛死钗嫁、宝玉出家，这是最符合雪芹原意的安排。就这一安排，我们也应该感谢高鹗。

总之，后四十回虽不及前书，但它成就了全书。后书与前书血肉相连，功是根本的、主要的。有人要把后四十回割下来扔进字纸篓，那还有《红楼梦》存在么？我们可以提出更好的设想，甚至写出精彩的片断，但要写出超过高鹗文稿的《红楼梦》后半部，是不可能的。

我要说一句：感谢高鹗！这是胡适、顾颉刚说过的话，我想也是很多人心里要说而没有说出来的话。

全部《红楼梦》深刻表现了人生的悲凉，“乱哄哄，你方唱罢，我登场，反认他乡是故乡”。人总归是要回去的，回到那大荒山青埂峰下。功名利禄，不必挂心，是非功过也只在他人谈笑中。仿宝玉偈，编了几句，以为文尾：

你证我证，心证意证。
各有已证，是为立证。
各无已证，是为大证。
问何所证，红楼一梦。

2005 年 2 月初稿

2006 年 10 月改稿

原载《随笔》2007 年第 1 期

采访史湘云

且说这日宗璞闲来无事，出外胡乱行走。走过一个大门，迎面一座大假山，写着“曲径通幽”四个字，便知是大观园了，不觉走了进去。

循着幽径弯弯曲曲来到了芍药圃，见一女子卧于石上，满身的芍药花瓣。趋前观看，忽然悟到这是史湘云啊！正好史湘云睁开眼睛，见面前一个老婆婆鸡皮鹤发，站在那里摇摇晃晃，忙起身让座，一面自己低头拭泪。

宗璞笑问：“你是史大姑娘？一部《红楼》还未见你哭过，何事伤心？”

湘云叹息道：“我不说你也知道。”

宗璞道：“老来思维迟钝，还是你说吧。”因见湘云用的罗帕已经湿透，便递去纸巾。

史湘云道：“曹公在我的判词和《红楼梦》曲子里都写得清楚，‘展眼吊斜晖，湘江水逝楚云飞’‘云散高唐，水涸湘江’，就是说我回到册子中去了，怎么现在编出那么多离谱的事来。一个电视剧里说我后来做了妓女，你想我史湘云可是那等人，早一头碰死了。又一些人硬说后来我嫁给二哥哥，宝姐姐守寡是曹公早就安排好的，仔细读书就会知道。为什么‘琉璃世界白雪红梅’一回里，大家都穿着大红猩猩毡斗篷，唯有珠大嫂子和宝姐姐一个穿藏青色，一个穿莲青色？这是说宝姐姐将来也要像大嫂子一样守寡。二哥哥早在宝姐姐去世前就出家去了，哪有我嫁他的时间？再有一条更有人编派说：二哥哥其实是和我好。这把木石姻缘又放在何地，岂不叫林姐姐嫉恨我？若真有这事我倒不怕，没有的事硬往人身上栽，岂不冤枉。”

宗璞道：“是呀，一部书中头等人物并不一定要处在头等地位，若是从上到下都是头等人物，这社会必然了不得。若是不管什么人物都要去占那头等地位，可就不得了了。”

湘云道：“你这话说得透。林姐姐来到这世间就是为了还泪，也有把这部书叫作‘还泪记’的，我算老几。那天说了一句经济学问，二哥哥就轰我别的屋里去。他的心事书里交代得明白，怎么老拉扯上我？”

宗璞安慰道：“那是因为几位先生太爱这部书了，也太喜欢你了，就生出许多想法来，只是让你受委屈了。不要生他们的气，他们是好心。”

湘云道：“把我放在不属于我的位置上，真是窝囊。”

因觉得湘云的话有意思，宗璞拿出录音笔来，想做记录。

史湘云看着录音笔说：“当初我有个金麒麟，你这是什么呀？”

宗璞解释道：“用这东西做记录，我现在记性太坏了。”

史湘云说：“不知曹公怎样安排那金麒麟，是否让卫若兰射圃时捡到。卫若兰便是我的夫君，你听说过吗？‘厮配得才貌仙郎，博得个地久天长’，可惜他命不长，先我而逝。”湘云说着又用纸巾拭泪。

宗璞道：“我还想到有人研究脂砚斋的批语，说脂砚斋是曹公续弦夫人，也就是你。”

史湘云忙道：“就算曹公有个续弦夫人和我有点像，也不能说我就是她啊。册子不是照尘世间发生过的事那样安排，小说归小说，曹公写的是小说，不是传记。你说是不是？”又说，“你既然写文章，拿着什么笔，就帮我宣传宣传。”

宗璞道：“那好，我也为你不平。说几句话纵然没有多少作用，也是说了。”

湘云道：“你回家吗？我看你走路不稳，我送送你吧。”

宗璞忙道：“不用不用。”说话间，一阵风过，芍药花瓣漫天飞舞，将史湘云遮住，她不见了。

宗璞叹息，自回到家。家中正乱成一片，人们进进出出，有的打电话，有的拿着呼叫器呼叫，见她回来，围上来问：“去哪里了？叫我们着急。”宗璞答不上来。被疑为患了老年痴呆症，得了一道禁令，以后不得独自出门。

原载《新民晚报》2010年6月17日

试论曼斯菲尔德的小说艺术

但是我告诉你，我的傻老爷
从危险的荆棘丛中
我们摘得平安的花朵。

在凯瑟琳·曼斯菲尔德（Katherine Mansfield）墓碑上刻着这几行莎士比亚《亨利四世》中的诗句，这原是曼斯菲尔德自选来放在她的小说集《幸福》的扉页上的。人生的道路本来充满荆棘，曼斯菲尔德短促的一生很少平安，但她留给了我们一些真正的花朵——她的小说。

在英国和新西兰文学史上，都写有凯瑟琳·曼斯菲尔德的名字。虽然她的作品不多，题材不广，但影响是长久的，在文学史上的地位是巩固的。她于一八八八年十月十四日生于惠灵顿，原名凯瑟琳·曼斯菲尔德·波尚（Katherine Mansfield Beauchamp）。她的父亲哈罗德·波尚一八九八年任新西兰银行董事，一九〇七年任董事长。曼十五岁时到伦敦皇后学院学习音乐，一九〇六年回到惠灵顿。她受不了周围环境的褊狭和闭塞，一九〇八年七月离开了新西兰，永未再回来。一九〇九年三月，她极仓促地和一位声乐教师乔治·鲍登结婚，次日即分居。一九一一年夏，曼结识了在牛津大学学习的约翰·米德尔顿·默里，当时默里在办《节奏》杂志。他在曼的支持下离开牛津，专门从事文学评论和编辑活动。以后他编的刊物，为曼发表作品提供了园地。

一九一五年，曼的爱弟莱斯利·波尚在军中演习时因手榴弹爆炸逝世，给曼打击很大，却也促使她写出了那一系列以新西兰为背景的著名小说。一九一七年冬，曼患肺结核。一九一八年与默里正式结婚。一九二三年一月九日，曼在法国枫丹白露的一个疗养院内逝世。

“真”的探索 “生”的寻求

曼斯菲尔德一生，除短篇小说外，另有诗集。并曾为默里所办杂志定期撰写书评，对伍尔芙夫人、康拉德、高尔斯华绥都作过评论，后结集为《小说与小说家》。她的日记和书信也都是很好的散文，还有一些札记，俱已分别出版。她的全部小说创作共有五个集子《德国公寓》(1911)、《幸福》(1920)、《花园茶会》(1922)、《鸽巢》(1923)和《稚气》(1924)。

默里说:“对我来说，评价曼的作品是很困难的。我一生都和它们纠缠在一起——将来也不会完全分开。我只能说，我以为她的作品比她同时代人的更自然、更生动、更细致，也更美。曼对生活是竭尽全身心之力以赴的，这效果也表现在她的作品里——她对英国短篇小说艺术的革新几乎完全是个人的。有人想学，但无人成功。她的秘密和她一起死去了。”[1]

“她的秘密和她一起死去了。”可以说，每一个有自己风格的作家都有旁人永远得不到的秘密，就算是他自己想公之于世，也办不到，因为那很难用语言交代出来。那是和他整个的人俱存的，和他的精神丰富程度、他的人格，甚至于健康状况都分不开的，旁人当然无法取得。但这秘密也可以说本来就是公开的，因为它表现在作品中。

英国著名小说家兼评论家贝茨在一篇评论曼斯菲尔德的文章中说：“她成就的秘密是什么？为什么她有影响？回答很简单。她的艺术，她特别用于短篇小说的艺术，有她强烈的个人特色。她对事物的反应首先是感情的，她写的每一页后面都有她自己。”[2] 这正是曼的特点。正像一切有价值的艺术一样，小说必须出自真性情。曼是这样做的，而且是那样自然，毫无矫饰。她的爱，她的恨，她的欢乐，她的苦恼，以及像女学生似的战胜痛苦的骄矜，都在这里。

请看《序曲》中鸭子断头的场面。孩子们随着仆人帕特到园中，看他杀鸭子。他把鸭子放在木桩上，一刀砍下鸭子的头，血染红了雪白的羽毛，小小的头掉在一边，有的孩子想摸摸那头，伸出手又缩回来，有的惊异地看着鸭身还在蹒跚地向溪流走去。这时女孩凯吉亚忽然抱住帕特的双膝用头撞他，大声哭叫：“把头放回去！把头放回去！”我想无论谁读到这里都会随着凯吉亚的呼喊觉得自己的心在颤抖。曼斯菲尔德在这里喊出了对生的热爱，对死的憎恶，还有对残暴抗争的勇气。

真性情不是很容易具有的。有人在传统的各种束缚中，从来没有形成自己的真性情；有人不愿或不敢表露。这真性情要有一个价值标准

---

① 默里：《曼斯菲尔德日记·序言》。

② 贝茨：《现代短篇小说》。

作依据。在曼所处的时代，这一点和以前有很大不同。在第一次世界大战时，根据威尔斯在《世界史纲》中的描述，当时人们经受着战争的巨大的痛苦。交通阻塞，船舶破坏，铁路失修，食物不足，教育停滞，大批工人不务正业。这样，使得日常的安全与信用没有保障，人们之间的传统联系全遭破坏。这时西方文化最突出的特征之一，就是价值的传统源泉的干涸和继之而来的统一信仰的崩溃。人们对这一场灾难进行了痛苦的反思，曼斯菲尔德自己便曾说："经过这次大战每个人都不一样了。"存在决定意识，作家的成长和社会情况有不可分割的关系。因为对事物的传统统一标准不再存在，作家所表现的现实是作家个人用自己的观点看到的现实。英国著名文艺批评家戴维·戴希斯举例说，上世纪中叶，小说作家无疑会认为通奸罪比喝杯茶更有意义、更值得写；而二十世纪二十年代的作家则认为这两者究竟哪个更有意义还是个问题；每个读者也会有各自不同的看法。他有一篇关于曼斯菲尔德的专论《曼斯菲尔德和对真理的探求》，文中说："现代小说提供给我们新的微妙之处属于两方面，一方面是她怎样看待经验的意义，另一方面是她怎样运用象征表现这意义。""作家们开始考虑'真'——真，是从正确选择并与正确运用象征（symbols——戴希斯曾有解释，意指事件、意象、对话甚至人物）结合而来的。维多利亚时代的人不意识这两方面的问题，第一点他们视为当然，第二点他们认为不成问题。"[①] 而曼斯菲尔德终其一生都在追求真。也就是说，用她自己的标准选择要写什么，也用她自己的标准决定怎样写。前者是她的思想性，后者是艺术性。

曼的选择也就是她个人对价值的感受。看来曼的价值观主要有两方面：一是对资本主义社会中阶级鸿沟、贫富悬殊的态度。她不平，她

① 戴希斯：《小说和现代世界》。

愤懑，她认为人的价值不应由社会地位高下决定。一是对生死的态度。她彷徨，她思索，在无可奈何中表现了面对现实的勇气。两者又都贯穿着对乡土的感情。

从广义来讲，几乎可以说每个好作家（曼当然称不上伟大）都是富有同情心的作家。菲尔丁曾说作家必备四个条件，即天才、学问、经验和同情心。曼的同情心特别表现在她认为劳动人民应该有应享的权利，每个人的价值是同等的，不应以社会地位区分。她对社会的揭露是自然的，感人的。在她最著名的《花园茶会》中，薛立丹家在花园中举行茶会前，邻居赶车人遇车祸而丧生。贫与富，幸与不幸，对比鲜明。写女仆人的两个短篇《帕克大妈的一生》和《女主人的贴身女仆》，前者结尾处写帕克大妈想要找一个地方好好哭一哭，但天地之大竟没有这样的地方。这使人联想到契诃夫的《苦恼》，老马车夫只能向马诉说自己的不幸。后者写一个女仆忠于职守，为了主人需她伺候，回绝了未婚夫，永不出嫁。这使人联想到中国名教对人精神的戕害。另外两篇，《影坛》写一个女歌手求职无门，沦为妓女；《求职女》写初次出门的姑娘被诱骗。它们都提示了社会的险恶。

曼的一些作品还表现了对妇女附属地位的同情。《一杯茶》写富翁夫人罗丝玛利带一个饥寒交迫的女孩来家里喝茶，她本来大发恻隐之心，想留她住下，给予帮助。但她没有想到丈夫认为这女孩很漂亮，她立即把女孩遣走了。小说结尾是这样的，罗丝玛利坐在丈夫膝上，担心地问："我漂亮吗？"很多评论论及这篇小说，说它写出了资产阶级的伪善。这当然是一个方面。我们若仔细读这结尾，会在"我漂亮吗？"这句话里感到女主人公深刻的不安。她虽然富裕，但并非自己的主人——不仅能不能用二十八个便士买一个小盒要问丈夫，而且她的全部生活都有赖于他。短短一句话提示了她的真实地位。《幸福》写杨柏莎的家庭怎样幸福，但在一次宴会后，她发现丈夫有外遇。这又一次揭露了资产阶级的伪善及妇女的处境。她发现了这点以后如何，小说未写。但她又能怎样？像娜拉一样出走吗？又往哪里去呢？

曼通过普通日常生活片断写出了生活的悲剧性，阶级压迫、妇女地位这类题材，在她笔下常有更深的人生的意义。她写得最深刻的，要数接触“死亡”这永恒的主题的几篇。我们知道，在她趋向成熟的几年中，她是与死亡为伴的。她不得不常考虑这一问题。《花园茶会》写了阶级间的鸿沟，也写了死。这死不仅是阶级压迫使然，还富有哲理性。那是人生的尽头。所以死在女孩萝拉看来似乎是很平静，很美。《在海湾》中有外祖母想起在澳大利亚矿上中暑死去的儿子时，女孩子凯吉亚和外祖母的一段对话：“每个人都要死吗？”“每个人！”“连我？”“有一天。”“我不愿意呢？”“不管怎样，总会发生的。”凯吉亚抱住外祖母：“可你不能死！不能离开我！说你永远不死，永远不！说！”祖母把死亡视为当然的自然现象，坦然处之；女孩把死亡看得很神秘，很遥远，完全和自己无关。祖孙二人在互相呵痒中笑作一团，全忘了原来在说什么。

死是每个人生命的最后一部分。每个人的死，也成为别人生活中的一部分。这是像生活本身一样不可避免的事件。对此曼不避讳，像她对社会现象一样，把所见所感真诚地写出来了。茅盾同志写这样一段话：“评曼为太硬太尖刻太辣的批评家是不了解曼懂得别人所不能懂而极想懂的人生的一部分意义。她是忠于这自知的真理的。她要大胆明白地把这真理说出来。她觉得要她把文气变得软些温和些是极容易的事。但要有勇气去大胆、明白地说，却是极难。曼是要避掉极容易的事去做极难的事，她显然是战胜了极难的了。”[①]

曼的作品中还倾注了对故乡的感情。她和乔伊斯都在很年轻时抛

---

① 《小说月报》1923 年第 4 期。

弃了自己的家乡。乔伊斯二十二岁离开都柏林，而他所有的作品都是写都柏林的。人物、背景、气氛无一不是都柏林的。但他始终没有和故乡讲和。曼对故乡却有这样深情的文字：“这儿的人或那些我想写进小说的人不再引起我的兴趣，这些人的存在、区别、复杂性和决心都是真的——可是我为什么要写他们？他们离我很远。现在我要写对自己祖国的回忆，直到把储藏的材料写完。啊，那人民，我们所爱的人民——我也要写他们。那是另一种‘情债’。我想使我们未被发现的国家立即跳入旧世界的眼中。”①

她还写道：“我对我出生的那个岛怀有深情。我总记得那种感觉：清晨，这已在夜晚沉入暗蓝色海中的小岛，又在晨光中升起，挂满了闪烁发亮的露珠……我努力捕捉那一瞬间，那光彩，那香味。就是在这些早晨，乳白色的雾升上去，露出了美景，又掩盖住了，然后再揭开。我要掀开遮住我的人民的雾幕，让人看见他们，再遮起来。”②

她揭开了雾幕，偿还了“情债”，获得了成功。

许多评论家都研究过契诃夫对曼的影响。默里否定这一点。他说：“曼仰慕并理解契诃夫的作品。别的英国作家不是这样。但她的方法完全是她自己的。如果契诃夫从未存在过，她的发展也会完全一样。”③贝茨认为默里太主观。他说曼从契诃夫至少学到英国短篇小说中没有的两点：随意和侧面的叙述，讲出来和不讲出来的一样多。贝茨承认他们的风格迥然不同。契诃夫的调子是灰暗的——他的作品像铅笔或蜡笔画。曼的作品生动而色彩鲜明，像是嵌在玻璃中的画，阳光可以穿过。④这

① 《曼斯菲尔德日记》。

② 《曼斯菲尔德书信集》。

③ 默里：《曼斯菲尔德书信集·序言》。

④ 贝茨：《现代短篇小说》。

都说的是技巧方面。这方面影响究竟如何，看来也无须下结论。但是不是可以说，曼从契诃夫学到的，与其说在技术方面，不如说在她对真的探求这方面，在她对人生苦难的态度上，以及在题材的选择上。

俄罗斯文学的一个优秀传统是正视生活。无论生活多悲惨，不避讳、不掩饰。他们写人民的不幸和苦难，写现实生活的症结。一八八七年一月，契诃夫和女作家基塞列娃曾就契诃夫的小说《泥潭》有过一次争论。基塞列娃说艺术家不应当只描写“粪堆”，也应使读者相信在“粪堆”里可以找到“珍珠”。契诃夫写了一封长信回答这指责。他写道：“认为文学的职责就在于从坏人堆里挖出‘珍珠’，那就等于否定文学本身。文学所以叫作艺术，就因为它按生活的本来面目描写生活。它的任务是无条件的、直率的真实。”[①] 同年九月，契诃夫在另一封信里说：“我没有任何理由认为一定要从最坏的方面描写现实才是有益和适当的——丑的东西……丝毫也不比美的东西更现实些。”[②] 所以，必须既不粉饰生活，又不毁谤生活，才能做到无条件的、直率的真实。（当然，照生活的本来面目描写，绝不等于照相。落在纸上的艺术的真实需要许多条件，不过这不在我们讨论之列。）

曼显然力图做到这直率的真实，通过她“个人的对价值的感受”来做到这一点。

曼受契诃夫的另一影响是她把平凡人物和琐事写进了小说，没有离奇的故事，没有戏剧冲突。人们惊诧道，哦！原来这样也能成为小说。这一点契诃夫已经先做到了，而且受到他同时代评论家的攻击。他们说，难道把这一切都归结在里面的日常生活也称得上是美学对象？难道这些东西也值得去描写？苏联女评论家耶里扎罗娃说：“作家注重日常事物，实际上既不是思想性太低，也不是技艺贫乏。恰恰相反，

①② 《契诃夫论文学》。

正是这位伟大艺术家在思想和艺术上的巨大成就。”[①]

曼斯菲尔德通过自己的价值观在写什么这方面对英国小说做出了贡献。这贡献至少是受到契诃夫启发的。

内外　情景　虚实

曼斯菲尔德怎样写她选择到的题材？也就是说，她有哪些艺术特征？她是怎样获得这些艺术特征的？这是这一节我们所要讨论的。她通过个人的感受追求真，也通过个人的手法表现真。她的写法正像她对生活的观察一样，完全是她自己的。她是“风格的大师”。默里把她的作品特点归结为一个“纯”字，这是许多评论都同意的。如果要讲得详细些，还是要先提到《序曲》。曼斯菲尔德自己说：“它（《序曲》）的形式是什么？这很难回答。就我所知，它多少是我自己的发明。”[②]那确实是她的发明。整篇由几个片断组成，每个片断是一个单元，围绕柏尼尔一家搬家，每个单元以一个人物为中心，写出每个人对新家的反应，作者轮流进入人物的内心，从内到外揭示家中的一切。每个单元之间运用平行、对比等手法，又有内在联系，整篇浑然一体。她又善用曲笔，造成一种气氛。她在另一封信中写道：“我们怎样能表达这些泛音、半音、四分之一音，这些踌躇、怀疑和开端，要是直接说出它们的话？”[③]

有些评论家认为曼对短篇小说的革新相当于乔伊斯对长篇小说的

① 耶里扎罗娃：《契诃夫的创作与十九世纪末期现实主义问题》。

②③《曼斯菲尔德书信集》。

革新。这种革新，当自《序曲》始。《序曲》以后，还有不断的变化。总起来似可以这样说，她的作品是内外浑成、情景交融、虚实相生而达到一种意境，她自己独有的诗的意境。在这样的意境中，她以气氛、情绪感染读者，这是她最突出的艺术特色。她的风格的另一特点“由博返约”将在下节论及。

戴希斯在论曼的文章中说：“她宁愿从一个小范围的环境出发，安排各种象征，给予内涵，造成气氛，‘从内到外’去探讨人的活动，而不是从一般情况开始，借助于有所指的故事情节，‘从外到内’去发掘。”他用三段法来解释大部分小说和戏剧的创作过程：艺术家观察许多个别事物，得出一个有普遍性的看法，然后再把这一观点赋予某一个故事。而曼斯菲尔德的创作过程却没有这三个阶段。她似乎就是从某一个开始，通过细节琐事的组织安排，曲折而含蓄地表现了普遍的意义。

戴希斯说，从外到内的作品最突出的例子是伊索寓言，那是用故事传达一种观念。譬如说，《农夫和蛇》这一故事，通过农夫养蛇反被蛇咬，教育人们对恶要有所警惕。但是曼斯菲尔德的作品不是这样。以她的《已故上校的女儿们》为例，我们几乎很难讲出故事，更难说出这篇东西要表现什么。也可能好作品常常是这样的，经过分析反而会使作品索然无味，尤其是作者自己来解释。戴希斯以为，《哈姆雷特》或者还可以讲一讲，给它一个抽象的解释，尽管每个人讲出来一定都不一样。但曼的最优秀最有特色的短篇，是讲不出来的。

我们说，严格来说，这种说法未见得很确切。我们可以讲《花园茶会》，可以分析出几点来，如曼对劳苦大众的同情和对资产阶级的揭露等等，甚至可能不少人的看法是一致的。但是总的说来，曼的小说确有一种力量，她不是用故事传达道理，而是在有限的场景中极自然地推出生活的“最深刻的真实”，那是她毕生追求的。她能把握特殊，所以能获得一般，创造出极富感染力的气氛。这气氛如云之生于山谷，山谷玲珑是可见的，而云雾氤氲是无所不在的；又如香之生于蜡梅林，蜡梅是可见的，而其幽香更沁人心脾，即使眼前不见了蜡梅林，余香也经久不散。

她的作品的从内到外的写法，也就是从特殊到一般的写法。这也是诗的写法。

曼的一篇很短的小说《第一次舞会》，写女孩莉拉第一次去参加舞会的心情。真的，在文字上，她只写了莉拉所见的舞会的简单情况和她的心情，别的什么也没有写。“若问舞会从什么时候开始的，莉拉觉得很难回答。”她觉得是从她坐上马车就开始了，其实从她在家梳妆打扮时就开始了。她多么兴奋！兴奋到几乎不敢去参加舞会。跳舞中一个“过来人”使她意识到第一次舞会不过是最后一次舞会的开始，她沮丧了。只是出于礼貌，她不得不接受邀请再跳，却马上又兴奋起来，见到那点醒她的“过来人”都认不出了。小说在莉拉欢乐的舞步中结束。小说结束了，但莉拉情绪变化所造成的气氛却仍在感染读者。人生不就是这样的么？明知道第一次舞会是最后一次的开始，却还是兴高采烈地对待。这是自然的，也是应该的。

另一篇《陌生人》是我偏爱的一篇，也只写了一种情绪。韩孟德先生去接妻子，得知船上一个陌生的男旅客死在妻子的臂弯中。妻子抱歉地问：“这事没有使你难过么？没有破坏了我们单独在一起的晚上么？”小说最后一段说：“破坏了这个晚上！破坏了他们单独在一起！他们永远也不会单独在一起了。”一些评论常把《陌生人》和乔伊斯的《死者》比较。《死者》中那妻子想念着死去的以前爱过的人，《陌生人》中并未明确说出陌生人与妻子的关系，看来他只不过是陌生人而已，但他和死亡一起闯入了韩孟德的生活。在人生的道路上接触到死亡以后，生活的意义对于生者总是不大一样了。而且韩孟德所期待的是和妻子单独在一起，可是死亡与陌生人隔开了他们。这干扰提示了人的灵魂的孤独。每一个灵魂本来是很难有机会或能力单独在一起的。

曼斯菲尔德在一九二一年十二月写给朋友的信中谈到她看凡·高画展的感想：“那瓶中的黄色花朵，满溢着阳光。这幅画似乎揭示了一些以前我未理解的东西。它一直留在我心中。还有一幅戴平檐帽的船长。他们教了我一些写作的道理，很奇怪的，一种自由，一种震撼的自由。”[①] 这段话常被引用，但很少人分析曼究竟获得了什么。看来引用一段凡·高自己的话就会清楚。

“我认为米勒（Millet）和莱尔米特（Lhermitte）是当前的真正画家，因为他们不照枯燥分析和直接观察去画景物的样子，而是照他们感到的去安排……我的至高无上的目的就是有力地表现。”我们没有篇幅多讨论后期印象主义画派，但可以说，凡·高追求的是内在的感觉，而不是自然主义的再现。使曼感到“震撼的自由”的，是不是表现内心感觉的自由呢？

曼的这种“顿悟”，当然有长期的积累才触发的。她的小说确有些像印象派的画，传达神韵，而不在衣履的惟妙惟肖。她虽也有使衣履惟妙惟肖的本事，却更注重内心和情绪的感染。

曼的小说，常有意识地运用“顿悟”。这“顿悟”常常是人物听到某件事而引起的情绪变化，对事情本身常是虚写的。如《花园茶会》中萝拉听到赶车人出了事，《陌生人》中韩孟德听到陌生人死在船上，《第一次舞会》中莉拉听到舞伴说到年华易逝。他们的反应造成了一种气氛，使读者和人物同感受，同惆怅，同想到“人生是什么？……是不是？……”。《布里尔小姐》中描写了布里尔小姐难堪的“顿悟”，从两个无礼的年轻人的对话中，她忽然意识到自己的老丑和不受欢迎。接

---

① 《曼斯菲尔德书信集》。

着就是关于她的情绪的描写，收出租衣服时她听到什么在哭——那是她的心在哭。这种用内在的心理情绪变化代替外在的情节故事的变化，也是现代小说的一个特点。在曼的作品中，她用内在的心理变化代替外在的情节变化。她从内到外发掘人生，直接诉诸读者的感情。她不是靠故事，而是靠情绪，情绪造成气氛，透入读者万千毛孔中。所以戴希斯称她的小说为意象文学（literature of vision），而诗，正是意象文学。

默里说："曼斯菲尔德与英国诗人的血缘关系较之散文作家更深。"这是很对的。

曼斯菲尔德是写景的能手。这在她似乎不只是技巧，她确看到了景象中别人所未见，感受到别人所未感受的。若要把景写活，豁人耳目，这是起码的条件。请看《在海湾》这篇作品中对早晨海湾的描写："清晨，太阳尚未升起。整个新月湾藏在白色的海雾中。"她接着写了海上的雾，岸上的平房、沙滩，大滴的露珠挂在灌木丛上不落下来。她还加入了想象："海似乎在黑暗里轻柔地涌起，一个大浪从远处起伏而来——有多远呢？你若午夜梦回，也许会看见一条大鱼跳到窗前，然后又游走……"下面另起一段的第一句是这样的："呵，呵——睡意蒙眬的海发出了声音。""呵，呵"的海涛声似乎是从梦中初醒的海在打哈欠，真使人看到了晨光熹微的海，听到了万籁初生的海。

曼描写的是真实的客观存在的她的眼中景，同时也是想象中的她的心中景。新西兰的自然面貌是她儿时亲见，在心中存贮多年，经过了充分的酿造，然后才出现在她笔下。时间已淘汰了不值得写的东西，时间又滋养了值得写的东西。记得是谁曾说，作家总是和现在处不好关系，因为他总是生活在过去和未来里。这并不是说作家要逃避现实，而是因为生活的贮藏要经过窖存，对将来的憧憬也是一部作品的必要条件。这也是深厚的生活基础和理想的关系吧。

眼中和心中的关系，也是景物和人心活动、事态发展之间不是各自孤立，而是有机地交织在一起的关系，只有这样，才会有感人的效果。这是中国优秀诗篇具有的突出特色，即情景交融。《人间词话》有云：“昔人论诗词，有景语、情语之别，不知一切景语皆情语也。”“杨柳依依”“蒹葭苍苍”等诗句，可以说是情景交融的典范。不只诗要做到一切景语皆情语，小说也是如此。譬如哈代在《还乡》中关于伊登荒原的描写，暮色苍茫中的遍地榛莽，天空和地面颜色的对照等等，已经勾勒出一幕悲剧，不只是悲剧背景，而是和悲剧本身有机地联系着的悲剧本身的一部分。

曼写景从来不是孤立地写景，她对海湾的描写倾注了她自己的感情。就像哈代的惊心动魄的悲剧必须发生在伊登荒原上一样，柏尼尔一家普通平淡的生活必须发生在海湾。又如《序曲》中母女二人看芦荟的描写，也是极精彩的。这里写的是作家的心中景，又是人物的眼中景。因为母女二人年纪不同，经历不同，所看见的芦荟和芦荟引起的感情也不同。女孩凯吉亚看见两路交叉处的一棵大植物，长着灰绿色带刺的厚厚的叶子，有的叶子太老了，破碎了，有些枯了，落在地上。“母亲，这是什么？”凯吉亚问。母亲琳达看着树，这树在她眼中是株胖胖的发胀的植物，它似乎很平静，可是它紧紧抓住它赖以生长的土地，可能地下的不是根，而是许多爪子。卷曲的叶子好像藏着什么，盲目的枝干向空中切去，似乎风也吹不动它。母亲回答了：“这是一株芦荟。”“它开过花吗？”“是的，凯吉亚。”琳达俯首向她微笑，半闭了眼睛，说，“每一百年一次。”女孩眼中的芦荟是平常的芦荟，而琳达眼中的是奋斗着努力生存的芦荟。凯吉亚关心的是它开不开花，这正是女孩，有着将来的女孩在关心植物的将来。琳达的回答，加上“半闭着眼睛”，我们几乎可以听到轻微的叹息，“一百年一次！”对人类的短暂的生命来讲，它可以说是不开花的了。这些情景交融的描写，也使曼的作品增添气氛，给读者以读诗的享受。她写景状物抒情，有机地交织在一起，但从不过分，总是留有一片空白让读者自己补充。上面所引关于芦荟的描写，就有许多话没说出来。如只是说“半闭着眼睛”，只说“一百年一次”，不说叹息，不发感慨，而叹息感慨就在其中。这就是我下面要讨论的虚实相生。

虚实相生是中国艺术的特点，用来讲曼的小说艺术，只是借用，也许有牵强之处。我以为，曼的艺术特色除前所述，尚有另外两个手段烘托环境，给人余味。一为象征，除叙述本身告诉读者的内容外，还另有所指。另一为暗示，究竟何意，作者并不说出，而留给读者去想。前者是实，后者是虚，虚实相生，便云从岫出、暗香沁人了。

我们知道，曼斯菲尔德早年很喜欢王尔德和佩特[①]，她曾在笔记本里抄满了《格雷的画像》中的警句。她还读亚瑟·西蒙斯（Althur Symons）的书，做了很多笔记。西蒙斯是英国十九世纪末期象征主义诗人和批评家，著有诗集《日日夜夜》和《文学中的象征主义运动》等书。曼受这几人影响很大。曼斯菲尔德的研究者说：“象征主义者认为，文学中的情和理不能靠描写和分析来表达，只能通过具体的形象和象征。成功的艺术，主题不是描写出来的而是引出来的。如果从这一观点来看曼的小说，我们可以发现，其中的每一细节除了叙述作用外，几乎都有象征意义。细节或比喻的目的是创造气氛，引出主题——永不直接说出的主题。用读象征派或现代派的诗歌的态度去读这些曲折的短篇，才能充分理解其效果。”[②]

---

① Walter Horatio Pater（1839—1894）：英国作家、批评家，十九世纪末主张“为艺术而艺术”的文学运动的理论家和代表人物。

② Clara Honson and Andrew Garr：《曼斯菲尔德研究》。

曼的小说是现代小说，而不是现代主义的小说。但它曲折含蓄的特点，是不妨用读晦涩隐暗的现代派诗的读法去读的。

试举《洋娃娃的房子》这篇作品为例，其中一盏灯的象征作用是曼的作品中最突出的了。柏尼尔家的孩子们得到了一件玩具——一幢洋娃娃住的房子。凯吉亚的姐姐向同学描述这房子，却不提到餐桌上一盏灯。只有凯吉亚最喜欢那盏灯，那盏精致的白罩子的灯，灯里还装了像油的东西，好像可以点燃。最后和凯吉亚一起注意这灯的是一个出身“微贱”的小女孩艾尔丝。灯是光明的象征，也是孩子们觉醒的象征。凯吉亚在自己家里和本阶级中找不到知己，而“微贱”的小艾尔丝却是她的知音。小艾尔丝和凯吉亚出身不同，但她和凯吉亚一样，具有看见这盏灯的能力，作为一个人的价值，她们是同等的。

《幸福》中的女主角杨柏莎感觉一棵花朵盛开的梨树是她自己生活的象征。她觉得自己幸福而美满，就像那树。无意中发现丈夫有外遇，她的感情受到伤害，但是“梨树仍然满树花朵，像以前一样可爱”。这种象征物的对照，更加深了她的痛苦的感染力。又如芦荟在《序曲》中的象征意义是从人物眼中看出的。又如《阳阳和亮亮》中，两个孩子对宴会满怀期望，他们真喜欢那冰点心——一所粉红的小房子，覆盖着白雪。但是酒阑人散，一切美好的东西都变得乱七八糟，小房子化了，碎不成形了，阳阳莫名其妙地大哭起来。读者很自然地会理解、同情阳阳的痛哭。

曼用暗示的妙处是水到渠成，文章宛转行来，到这里便不必实写。我们说曼的艺术是诗的艺术。诗的一大特点是含蓄，因含蓄才有“诗无达诂”的说法。这说法当然有其缺陷，但却能说明好诗能引起多方面体会的特点。曼虽然对她所观察的客观有强烈的内心反应，她表现得却十分有节制，从来不明白说出她的反应究竟是什么。她的暗示常在结尾处见功夫，小说的结尾总是好像没有完。《花园茶会》结尾时萝拉说："人生是不是？……"劳利说："不是么？"他们都懂，但他们没有说出来人生究竟是怎样。《已故上校的女儿们》结尾时，两个女儿讨论到自己的需求、未来的生活也就是人生的意义时，她们都让对方先说，后来则都说自己忘了，都不肯说。小说戛然而止，然而却余味无穷。还有几篇索性用破折号，就是没完，让人去自己寻味。

因为她留了好大一片空白让读者自己补充，有些像中国画的意境，几个蝌蚪，便画出十里蛙声；一片远帆，便引出万斛离愁。这是艺术的一种微妙的境界，也是窥探曼斯菲尔德秘密的一把钥匙。

博与约　得与失

下面要谈到曼斯菲尔德风格的另一特点，也是短篇小说应该具有的一个特点：由博返约。

博与约本是相对的，在艺术创作中却是不可分的。有博无约必庞杂，有约无博必浅薄。艺术，尤其是短篇小说艺术亟需从"博"中浓缩出看来简单却极深厚的"约"。便是在长篇小说中也忌拖沓，言过于意。我很喜欢雨果的作品，喜欢他的激情，他那浓厚的浪漫色彩，曾为让·华尔让泣下不止，曾为爱斯梅拉达和驼背人辗转难眠，但读到《笑面人》时便很为他文笔没有节制而遗憾，很想把我们孟夫子的"由博返约"这四个字送他参考。他所反映的社会历史内容的丰富深刻，当然非曼所企及。各人风格不同，形式不同，但"由博返约"这四字确实极扼要地（也是由博返约！）道出一个很高的艺术标准，一个不易达到的艺术标准。这标准，曼的最优秀的小说是达到了的。

十九世纪时，小说的单元时间大多是"年"。到十九世纪末期和二十世纪初期，小说单元时间变成“日”。伊丽莎白·鲍恩[①]曾写到这一点，说曼斯菲尔德在英国小说家中第一个看出短篇小说可以理想地反映“日”。有的评论家说：“短篇小说似乎是二十世纪初期表现那破碎的感觉的最好形式。”[②]因为感受到是破碎的片断，尚不完整，不成系统，以短篇出之最为合适。这也是在大动乱后短篇小说先繁荣的原因之一。

曼斯菲尔德的短篇小说大都是描写一天的事。一次宴会，一次重逢，或一次闲游，或一次看洋娃娃的房子（这篇虽然写到的不止一天，但前面的铺垫都为了最后小艾尔丝看到那盏灯）。虽然小说篇幅不长，写到的时间很短，但却表现了浓缩了的人生图景。好像小溪潺潺，有不尽的活水。《理想家庭》这一篇只写尼甫先生下班回家到晚饭前的一段时间。在横的方面写出了他的家，也是一个貌似幸福完美的家；在纵的方面写出了他的逝去的青春。而且无论他的家或他自己，都没有将来，因为他有一个不肖的不能承继父业的儿子。这是资产阶级趋向没落的悲哀。他回忆他的年轻妻子对他说：“再见，我的宝！”现实中是仆人请：“开饭了，老爷。”

能产生这样“一花一世界”的效果，在于选择的功夫。选择，是文学之成为文学的重要步骤。在短篇小说有限的篇幅里要容纳深刻内容，选择尤其重要。选择是多层次的。从生活里选择题材，从材料里选择最能表现所要表现的那“一天”，在那“一天”里选择戴希斯所谓的象征物，写人状物时选择细节，那虚写的不肖之子是很好的选择，那“再见，我的宝”也是很好的选择。

在写人状物时，短篇小说不适合大段描写，也需要准确的选择。

---

① Elizabeth Bowen，二十世纪初英国女作家，著有《巴黎的房子》《心之死》等小说。

② Clara Honson and Andrew Garr：《曼斯菲尔德研究》。

恰当的一两个细节便使人物栩栩如生。如薛立丹太太念三明治签子，把橄榄念成老鼠。小凯吉亚吃饭时偏偏喝姨母杯中的茶。前者大概已经有点老花眼，而且家务繁忙;后者写出一般的儿童心理，而又是敏感、不循规蹈矩的凯吉亚的行为。曼很少写人的外貌、衣饰，写时也不是一般的平铺直叙，而是点到几笔。她写《洋娃娃的房子》中穷女孩莉尔的衣服:“她上学穿的衣服是柏尼尔家的绿桌布做的，红绒袖子是罗甘家的窗帘，顶在头上的是一顶成年妇女戴的帽子，曾是前校长的财产。”那古怪的可怜样儿使人感到如在目前。而在《花园茶会》中写萝拉，只写一顶漂亮帽子，就把那富家女孩儿的神气活画出来了。

题材的选择，材料中细节的选择可以说是生活的浓缩。除生活的浓缩外，在短篇小说创作中还有技艺的浓缩。这也是博与约的另一方面的关系。

我们说曼作品的优点在于神韵、气氛，而不在惟妙惟肖，但是从前面种种分析，可以看出她具有惟妙惟肖的本事。几个蝌蚪，一片远帆，给人远远超过纸上形象的感受，因为作者在这几笔中凝聚着她的功力。儿童的涂鸦也可以画几个蝌蚪、一片远帆，但和画家不大一样。老年人说的话有时像小孩，但和小孩却不大一样，因为他有一生经验做背景。

十九世纪末围绕《黄书》杂志有许多人写无情节小说，着重内心和印象。这些小说大都被时间淘汰了。曼的小说能流传至今，原因是复杂的。我想原因之一是她虽也写内心和印象，但她有惟妙惟肖的本事。所以从前她也曾被认为是写实主义的作家，被认为是在画工笔画。据说《序曲》刚出版时，没有引起评论界的重视，但一个印刷工人在看稿子时叫了出来:“哎！这些孩子是真的！”这话给了曼很大鼓励。惟妙惟肖的本事在某个作品中可以不用，但有没有这功夫是不大相同的。有这本事才能浓缩为几笔便传达神韵，没有这方面的修养，还是那几笔，就苍白无力了。这是读曼的作品给我们的另一个启发。

曼在用字上也是严加选择的。她很少用多音节字，很少用拉丁语头的字。她情愿用 think，不用 meditation、contemplation。她的文字和她小说的结构等等一样，洗练纯净，使得她整个作品真如透明一般。她写好一段文字总要读给自己听，直到口诵、耳听全都满意为止。这可能与她有过音乐方面的训练有关。

说了不少曼的艺术特色，都属于她的得。她的失在哪里？贝茨在论及她受到契诃夫影响时说："事实上，她的艺术缺乏俄罗斯文学的最终的客观力量。因为她病，她的人格从未完全定型。她死得早，时间和环境限制了她的发展。她是完全个人的，软骨的。"[①]

是的，虽然她受到俄罗斯文学正视人生的影响，但确实未达到那样深刻地展示人生的地步。我们不必用那样的标准去要求她，她的蹊径不同，风格不同。但贝茨的话还是公允的。她多病，她生命的最后几年一直在养病，她接触的生活面显然是狭窄的。在她那一般认为是极女性的风格中，一方面表现出细致、抒情的特色以及和诗的血缘关系，一方面也表现了视野狭窄的缺陷。她也就无法接触社会中最尖锐最深刻的矛盾。

也因为她病，她与死亡为伴，她的一些作品的悲剧性中，多少有宿命论的味道。在她看来，生活的悲剧是不可避免的。《苍蝇》这个短篇里，老板事业发达，但独生子早进了坟墓。他用一滴墨水淹没一只苍蝇，苍蝇几经挣扎，还是力尽而死。这短篇给人悲凉绝望的感觉。曼的一个朋友说他不喜欢这篇作品，曼回答说很高兴他能告诉她。那时她已经到肺病晚期，她可能只能这样看待人生了。

---

① 贝茨：《现代短篇小说》。

她的另一个缺陷，是人物重复。这也是她生活面狭窄所致。她写儿童心理很细腻，塑造的儿童形象栩栩如生，但从这篇到那篇，似总是凯吉亚在走来走去。成人的重复更显著。斯坦利、韩孟德很相像，冉妮也很像琳达；杨柏莎和罗丝玛利区别也不大。凯吉亚长到十七岁，就是薛立丹家的萝拉了。但因为曼善以情绪、气氛感染读者，每篇总能有新意，才减去人物重复的特点，不致显得单调。

她和我们

普列汉诺夫写过：“每一个真正显出了本领的杰出人物即每一个成了社会力量的杰出人物，都是社会关系的产物……他们自己只是由于这种趋势才出现的，没有这种趋势，他们永远也跨不过由可能进到现实的门槛。”[①] 文艺方面的代表人物也是一样。某些作家、作品的出现，是在社会发展的趋势下，根据文艺发展的客观规律而形成的。第一次世界大战后，小说艺术需要有新形式反映那破碎的“真”，这时总会有代表人物出来。由于曼斯菲尔德本身的条件，她就有了这小小的、只限于短篇小说的、当然与拿破仑无法相比的“宝剑”。

所以曼斯菲尔德成为经常的研究对象。她扩大了小说取材的领域，增强了小说与诗的关系，发展了侧面叙述的自由形式，允许作者在叙述中随时出现或消失。短篇小说到她手中，不再是短篇幅的故事，而是一种真正独立的艺术形式。它是自由的，可以具有诗意、戏剧性，或只是一种情绪一种印象。从小说的角度看，它又是统一的整

① 普列汉诺夫：《论个人在历史上的作用问题》。

体。贝茨说:“她的重要性不在于她做了什么,而在于她指出了能够做到什么。”[1]从一方面说,这话可能不很公允。她的作品,那是她已经做到的,已经流传下来。她没有她同时代的某些作家成就大,影响广泛,在文学史上占的篇幅多。因为她本不是参天大树,而是一株月季或玫瑰。在文学的百花园中,她也是需要的,是不可替代的。从另一方面说,她指出能够做到什么,确实有重要的意义。这说明她在小说发展史上的地位。

我们至今还在读她的小说[2]。被感动,但不至于泪下;若有所悟,也不是明白很多。不过我们总得到了一些从前没有的东西,常不能忘。对从事写作的人来说,从她的创作经历和作品,似有三点最值得参考。

一是她的独辟蹊径。她能看出自己和别人的不同处,挖掘自己特有别人没有的经验,她在偿还对故乡的“情债”中获得成功。只有走自己的路的人才能真正有一点作为。在独辟蹊径时,必须了解自己的情钟何处,扬己之长,避己之短,偿还自己独有的那份“情债”,才能从这不了情中得到艺术生命。

二是她在探索追求的过程中,不坐守英国文化的成就而向外国文化汲取营养,如俄罗斯文学、法国美术。从这些营养中,又创造出完全属于自己的风格。世界各国文化的相互影响,本是人类文明发展的促进因素。怎样“拿来”,是需要实践的。

三是关于由博返约。是否可以说,有些以前属于革新的东西,后来也许会变为陈旧。但是“由博返约”这一条艺术标准,永不会变。曼在这方面的成就值得借鉴,也能够借鉴。至于她所创造的气氛,她

---

① 贝茨:《现代短篇小说》。

② 方平编选《曼斯菲尔德短篇小说选》,将由上海译文出版社出版。唐宝心等译《曼斯菲尔德短篇小说集》,已由天津人民出版社出版。

的小说的独特魅力，则完全属于她自己，虽可做些分析，却很难学到。我们只有承认：“她的秘密和她一起死去了。”

弗吉尼亚·伍尔芙说：“我嫉妒她的作品，那是唯一的使我嫉妒的作品。”好作品可以使不同的人得到不同的启发。这里不再赘言。我想，她那小凯吉亚“把头放回去！”的哭喊会激励着每一个人“把头放回去”。

现在我们所处的时代已经不同了。荆棘虽未消尽，却不再是危机四伏。摘取到平安花朵的可能性，总大得多了罢！

原载《国外文学》1984年第2期，署名冯钟璞

打开常春藤下的百叶窗

——伊丽莎白·鲍恩研究

缘起

一九八二年十二月五日，美国《纽约时报图书评论》以“我喜欢的书”为题，组织一次笔谈。在这次笔谈中，尤多拉·韦尔蒂谈到霍桑的《故事与小品》，乔伊斯·卡罗尔·欧茨谈到《简·爱》和琼·里斯的《辽阔的马尾藻海》，约翰·厄普代克谈到罗伯特·休斯的《新来者的冲击》，詹姆斯·米切纳谈到《卡斯特桥市长》的第一章。有一位女作家玛丽·戈登谈到了英国现代女作家伊丽莎白·鲍恩。她说：“一九八二年是我重读鲍恩之年。《心之死》是优美浓郁的，《巴黎的房屋》是迷人的。”

一九八四年春天我在伦敦街头漫步，见许多书肆中都摆着一本安东尼·伯吉斯选的《现代小说：九十九本佳作》，是从一九三九年到一九八三年四十四年间的长篇小说中选出的。其中，有鲍恩的《炎炎日当午》。对我国读者说来，鲍恩无疑是个陌生的名字。她是个怎样的作家？她的作品有哪些特点？她在英国文学史中占有怎样的地位？似乎该做一番内查外调，看值不值得让我国读者知道她。

很长时间以来，我们对外国文学的研究（对中国古典、现代文学也未尝不如此），因力量不及或心目中的界限，只接触了思想倾向性较分明的杰作。就英国文学来讲，布鲁姆斯伯里团体和弗·伍尔芙这样的作家，很少人注意。现在似乎是有条件顾及这一方面了。最近读到苏联高尔基文学研究所编写的一八七〇至一九五五英国文学史，觉得其中关于哈代的一章很好，不由对这书很有好感。现代英国文学一章还有一段提到鲍恩，但只是把她作为以唯美主义超政治观点来处理战争题材的一个代表。在论及她的长篇小说《炎炎日当午》时，说她“把女主人公得知她的情人是法西斯间谍后的态度，描写成纯粹的心理冲突，而这种冲突又似乎毫无社会意义和政治意义”。

五十年代左翼批评家认为鲍恩的小说排斥社会和集体，她写的个人经验不过是崩溃的经验。另外两位并非左翼的有名人物分别赠给她两个挖苦的称号。一位便是伯吉斯，他称鲍恩为“女性小说家”。这当然合乎事实，因为鲍恩并非男性，但这里的“女性”是贬义词。亨利·詹姆斯也包括于这一类中，总称鲍恩为“老处女的女性小说”。

伯吉斯说：“忘记在结构方面托尔斯泰式或乔伊斯式的天才吧，你会发现写起小说来女人比男人更有天赋。她们看事看表面，正是那表面做成小说。和材料、颜色、言谈变化等打交道时，她们有丰富的词汇。她们的缺点正好是男子在妇女身上找到的缺点：叽叽喳喳，飞短流长。她们太重经验，缺乏道德价值；她们爱事件而失其本质……”

另一位名家安格斯·威尔逊说鲍恩是势利的自我满足的作家。他在一次“关于英国小说中之罪恶观”的演讲中，俏皮地对弗·伍尔芙和鲍恩做了一番形容，很有点鲁迅所说吐半口血，扶着丫鬟到院中看秋海棠的意思。他形容说，她们写的都是有教养的中上层阶级妇女，那些人物都并不着意修饰，而有吸引自己亲人的美，整天待在无懈可击的家具陈设中间，想着丈夫喜欢数学游戏，想着女儿喜欢听长笛，至于是斯卡拉第还是莫扎特，她永远也记不清。

一九八四年春天在伦敦和威尔逊谈话时，我提到他为鲍恩短篇小说全集写序，那篇序对鲍恩是充分肯定的。他敏感地问："有什么可笑的地方吗？"我当时还没看到这篇议论，对这问话不免奇怪。后来在大英图书馆读书时见到了，倒也不觉得他是"风派"，而为他们总在为充分说出自己的真感受而高兴。

也许当代英国女评论家拜雅特在鲍恩长篇小说《巴黎的房屋》企鹅本序言中的话能够说明一些问题。她说她对鲍恩的态度是有变化的，经过三个阶段。最先，她理解到现代小说不容易读。其次，维多利亚小说的成就使人们习惯于它们的宽广有力，而认为鲍恩独具匠心的细致描写是不足道的，认为她经过精心选择呈现出来的世界是模糊不清的。最后她认为所谓詹姆斯或伍尔芙的影响不是狭窄幽闭，而是充满活力的。她的结论是：鲍恩小说的成就不在于"感觉"和辨别事物的精细，而在于它的苦涩和严峻。

部分文学史家认为，英国文学在二十世纪初期存在着感觉小说派，由弗·伍尔芙创始，曼斯菲尔德和鲍恩都是其中佼佼者。她们确有共同之处，以后或可作专文讨论。就鲍恩而言，我们可以看看这样一段话："如果这一词（感觉）有任何意义的话，常指作者用自己特有的气质代替许多成为好作家的条件。把这种说法加诸鲍恩，未免低估了她的才能的宽广。"①

我想，这样有才能的作家是值得加以讨论的。若以内容论，鲍恩小说约可分两类，一类写两代人的隔阂、人和人之间不能了解；一类反映二次大战中的情况。有人因此说她是社会历史学家。若以手法论，

① 乔斯林·布鲁克：《伊丽莎白·鲍恩》。

她大部分小说是白描的，有小部分以鬼怪出之。下面以沟、网、鬼、人四题来作文。在“领域”一节里总括地说一说她的创作特色。

沟

有人说鲍恩若活在十九世纪，便是一个艾米莉·勃朗特，因为她本质上是个诗人。但是她的社会存在和高度的文化教养使她的写作完全不同于如旷野般自然的艾米莉。鲍恩的感觉是经过细致分析的，她企图做到的坦率是受到艺术限制的。她和前人最主要的不同处，在于用现代眼光看事物。那就是说，她的作品中没有古典主义的完善品格，也没有浪漫主义的感人热情，她的主题常常是主要角色互不了解、互相成为对方的牺牲品，这是一条深沟。角色们又往往成为习俗——他们对其根源莫测高深——强迫下的牺牲品，这又是一条深沟。另外一条无法跨越的深沟是在成年人与青少年之间。现在普遍称为代沟，为世界作品中所常见。而鲍恩自有她的特色。在她的作品中，成年人害怕充分地生活，想遮住或删掉人生的一部分；而青少年则害怕不充分地生活，生怕漏掉什么，硬要打开那遮住的部分。她的长篇小说《心之死》（1938）、短篇小说《星期日下午》（1941）可以说是“沟”这方面的代表作。

《心之死》描写中上层人士圭般先生因责任关系收养了同父异母妹妹，十六岁的波希亚。天真的波希亚在圭般家中遇到一个年轻人埃迪，埃迪的荒唐和周围人的冷淡、麻木使波希亚痛苦万分。《心之死》这题目很有深意。正因为波希亚的心没有死，她活得痛苦；而圭般夫妇和她们那圈子的人心已经死了，便活得坦然。小说开始时，波希亚的嫂嫂安娜偷看了波希亚的日记以后说："我想，不是我就是那姑娘疯了。"姑娘一直记日记，安娜一直偷看。波希亚的纯真诚实，对爱情毫无掩饰的追求和安娜等人的冷漠虚伪——他们已经不觉得那是虚伪——形成明显对照。最后，他们意识到，在姑娘朴素的日记中反映了他们的真实情况。

在波希亚和埃迪感情日见发展中，埃迪对波希亚说了这样一段话："我不要你。我只要你所能给的东西。我不要整个的——任何人。你要我的全部，可是照你所了解的那样一个全部的我，根本不存在。"从埃迪的人生观、道德观来讲，他并不欺骗，他是我行我素，带着已死的心兴致勃勃地生活。而波希亚也只有用"心之死"换得存留下去。

这里的埃迪已经不是《名利场》中的乔治·奥斯本，也不是《大卫·科波菲尔》中的斯蒂福思，他是现代人。波希亚的天真纯洁吸引了他，他们的精神世界处于人生的不同层面上，永远不可能互相了解。他虽然没有和波希亚有更深的关系，却是这小姑娘"心死"的重要原因。"哀莫大于心死"，这里的悲剧色彩是显然的。我认为，这小群失去心灵真情的人物形象对社会的批判意义，和十九世纪批判现实主义小说有一贯性。

短篇《星期日下午》为安格斯·威尔逊所称许。他在《鲍恩短篇小说集》序中说："《星期日下午》把两个方面的人联结在一起，显示出鲍恩的最好水平。一方面是不管轰炸多可怕，永远忠于伦敦城市的志士，一方面是爱尔兰郊区有教养的绅士们。还有青年人充满希望的想象和老年人充满遗憾的怀疑，两者间永恒的冲突也立即吸引了我们。"《星期日下午》这题目没有冠词，它本身就是永恒的。多少年来，在爱尔兰几乎没有颜色的远山衬托下，一小群绅士淑女每个星期天下午都这样度过。在草地上闲谈，到生着火的餐厅喝茶，吃巧克力蛋糕。来自战火中的伦敦的亨利·鲁西尔是在这样背景下长大的，他对他们有一定程度的反感，又有一定程度的依恋。年轻姑娘玛利亚——我想她和波希亚差不多大——早就腻透了这种生活，想到伦敦去。

这些人物分作三个方面。三方面的人属于同一阶层，却表现了人与人之间三种难以填平的沟。那是战争与平安的沟，是生活与传统教育的沟，也是生怕活得充分的成年人与生怕活得不充分的青年人之间的沟。魏太太是那平安一方的代表，她在那小圈子中占据中心地位。她习惯于狭隘的上流社会，亨利一来她就交代不要说可怕的事。他们生活在战争之外，过着平静舒适的日子，侈谈与艺术品共存亡。也在平安中的玛利亚拒绝他们的心理、习惯和价值观，所以她嘲笑一位提到文学的长辈说："看得出来，科夫先生你总是安然无恙的。"这篇小说的主人公亨利从轰炸刚停的伦敦来到中立国爱尔兰，带着满身硝烟味，看见这群乡绅安享和平生活，必有恍如隔世俨如隔沟之感。而魏太太还诉苦："我们已经有点儿伤感了。"这必然引起他的反感，不免同情玛利亚对老一辈的顶撞。在他逐渐习惯了那对他来说已是遥远过去的生活时（他毕竟是在这群人中长大的），他对玛利亚越来越疏远起来，最终告诫她不要离开她的长辈们。

在小说中，亨利的思想情绪是活动的，变化的。在短短几千字中，他从战争与平安的沟置身于生活与传统教养的沟，然后又在成年人与青年人的沟中徘徊。他的年纪也正是中年人。他对战争与现代社会有如此痛苦的经验——他想："我们将仅仅是野兽而已。"他对玛利亚说："你会有一个身份证号码，但是没有你自己了。"英国于一九三九年举行全国公民登记，附带推行了身份证。老百姓对此不满，认为身份证是"他们在第一次世界大战期间幸而得免的侮辱"[①]。只认证不认人，真是"丧失自我"了。亨利关于身份证的这一段话，充分表现了现代社

① A.J.P. 泰勒：《英国史：1914—1945》。

会中人与人之间的冷漠隔阂，人不能再是自己，变成支离破碎七零八落的一堆什么，还带着一个号码！

亨利何以最后不称玛利亚，改称米兰达？不称玛利亚，只因她若出走，就不再是她自己，作为玛利亚的她，已经终结；改称米兰达，或许是借用莎翁《暴风雨》中的名字，表示她若出走，就如同米兰达的放逐，而最终还是要回到家乡的。亨利自己则出于公民责任感，不能离开岗位，只能离开吸引他的这样的“星期日下午”，回到伦敦去。

初读《星期日下午》时，觉得很好，决定译它。等到把那些字母变成方块，似乎不那么好了，它原来就有点淡淡然，现在几乎成了白水。我想这和鲍恩作品的英国味儿有关，那是很难传达的。虽然琢磨再三，究竟是否找回一些，只好读者自去品尝了。

网

战时伦敦遭受轰炸的情景，在两位英国作家笔下留了下来，一位是亨利·格林①，一位便是鲍恩。一般认为《炎炎日当午》是她这方面的代表作。以作品本身来讲，似不是很成功的。她不长于写情节，这部长篇写女主人公斯苔拉和间谍爱人的关系、她自己的心理变化等，却需要充分的情节来作基础，现在读来，有些支离破碎之感。鲍恩自己说正是要这种支离破碎来反映战争，但实际上读者得到的印象不是具有艺术美的支离破碎，而是情节不很完整、人物未充分发展的支离破碎。这本书确也反映了战争，那是通过气氛，是鲍恩的拿手。

---

① 亨利·格林所著《困境》反映了一九三九至一九四〇年间的伦敦生活。

我们从历史材料上得知，第二次世界大战期间，英国人经历了十分严峻的考验。从一九四〇年九月上旬开始，德国每天出动数百架甚至上千架的飞机，头三个月间，就掷下一万多吨炸弹。伦敦是英国遭受破坏最严重的城市之一（这里我不禁联想到哈代曾签名反对在战争中使用飞机）。如何记下这一段可歌可泣的历史？也许还是英国人最了解鲍恩的功绩。英国现代英美文学专家华尔特·艾伦在他的《传统与梦想》一书中说："《炎炎日当午》中人物的周围环境，带有彼时彼地的气氛，表现出伦敦的战时生活。在我们的小说中，它最完整细致地唤起回忆，使我们沉浸于其中的战时伦敦，似乎是可以触及的。鲍恩准确地抓住了那一段日子的感受。书中人物则不过是一种因素而已。"

我们可以看出，气氛是鲍恩作品的最大特色，它们像一张无处不在的网，笼罩着整个作品。我们可以发现作品中这样那样的缺点，可总是不自觉地给网在里头。读《常春藤缠绕在台阶上》这一短篇，可以感受到网进去的滋味。

《常春藤缠绕在台阶上》写二次大战中军人加文·道丁顿的一段回忆。他八岁时因多病到他母亲的朋友尼科尔森太太家休养，十岁时尼太太去世。两年间断断续续接触，使他对尼科尔森太太产生一种恋慕，也从他的眼中，看出了尼太太的不如意的爱情。现在他趁休假重来这小镇，尼宅已被常春藤掩没，有些往事历历的处所已全无踪影。不是"物是人非事事休"，而是人、物皆非了。最后加文在街上徘徊时，和一个行人搭话，那行人问："你为什么挑了这死气沉沉的地方？为什么不到你有熟人的地方去呢？"岂不知这里正是他的熟人居住过的地方，只是一切都成为过去了。通篇作品叙述平淡，也没有很多描写，只是娓娓说来，便把读者网在里头，处于一种惆怅的气氛中，但是绝无伤感。

这里就发生了一个问题：鲍恩如何看待正义和非正义、侵略和反侵略的战争？据苏联高尔基世界文学研究所编《英国文学史》中说，鲍恩自己在《常春藤缠绕在台阶上》小说集序言中写明，她“感兴趣的不是战争的‘积极的历史方面’，而是在‘战争气候’的条件下出现在人们意识中的一些‘怪诞的产物’”，遂加以唯美主义和超政治观点。

鲍恩确实没有正面表示支持正义的反侵略战争。《炎炎日当午》甚至给人这样的感觉：“这种文明的灭亡咎由自取。”① 这种文明当然指的是资本主义文明。但是二次大战后英国政府还授予她“大不列颠命妇”之荣誉称号。如前所述，资产阶级评论家也都肯定她再现战时伦敦的功绩。

这里我想说几句似乎是题外的话。我们记得，黑格尔针对狄德罗的哲学小说《拉摩的侄子》提出“公正的意识”的说法。马克思一八六九年四月十五日给恩格斯信中转引的他的一段话中有这样一句：“公正的意识（这是狄德罗在对话中指定自己扮演的角色）认为每个因素都是永恒的本质，它不知道它恰恰是这样才造成颠倒，它是一种愚昧的无思想的东西。”所谓“公正的意识”是一种抽象的道德观念，而不是活生生的现实。人们经过了第一次世界大战的灾难，完全用另一种眼光来看世界了。也可以说，美和善、正义和忠诚等等美好的字眼，并不一定常常战胜它们的对立面，而是常常和对立面掺杂在一起。十九世纪所认为是永恒的本质的东西，二十世纪现代主义已经揭去这层纱幕，他们要表现的是社会和人的本来面目。

在《炎炎日当午》一书中，鲍恩恰恰做到了这一点。这也是拜雅特称为苦涩与严峻的原因。我们可以介绍一下女主人公斯苔拉和她的间谍情人罗伯特最后一夜的谈话。罗伯特说，他反对的是“骗局”。

---

① 见贺米翁·李：《伊·鲍恩，一种估计》第六章。

“是这场骗局，并不是我在出卖你所谓的国家。我哪能呢？它已经出卖了它自己。”

“什么骗局？”

“就是自由。看看你那些自由人吧——简直是一群给捉到撒哈拉大沙漠中心地区再放出来的老鼠。看看你那大堆‘自由’的懵懂家伙，你的民主群众吧——从摇篮到坟墓，一辈子都在受人糊弄……”（《炎炎日当午》258—259 页）

对于英国式自由民主的如此揭露，怎能说“毫无社会意义、政治意义”？这部书还深刻地反映了当时的现实，即斯苔拉这样的人（不是间谍）对于法西斯分子、法西斯主义究竟是革命还是反革命，有点困惑。这个问题我们今天看来黑白分明，毋庸再议，但在二三十年代的英国却远非如此，在今天西方学者间也还有争议。鲍恩也料不到苏联经过艰苦的英勇抵抗纳粹入侵，最后得到胜利，两年后印度和巴基斯坦独立，四年后中国革命获得胜利。她只能“眼望着世界在做、她感觉自己也在做的事——明明看见而又无可奈何地一步步接近灾难。这个命运已定的世纪的致命进程越来越像是她自己的进程：她和这个世纪一同走到了他们午时正刻种种考验的顶点”。（《炎炎日当午》127 页）

斯苔拉正当中年，二十世纪正当中期，她个人和整个时代都处在最炽烈的冲突开头，也许这就是《炎炎日当午》书名的含义。

写到这里，离开了“网”这一小题目了。不过我们可以说，一本包含了如此重大政治内容的小说，仍然以气氛取胜，是很难做到的。而鲍恩做到了。

鬼

我国苏轼老先生爱听鬼故事。被贬黄州时，因为时间充裕，常找人说鬼。日本近来流行的小说《窗边的阿彻》描写一个实验小学的种种极合人情的教育法，其中竟有一项装鬼活动。美国游乐场依其大小程度各设大小不一的“鬼屋”。伦敦塔的解说员一本正经地告诉游客：“这里上星期出现过鬼，一个卫兵看见了，就在你站的地方。”大家哄然一笑。看来全世界都喜欢鬼，虽然明明知道它不存在。

所以从古至今，写鬼的人不少，鲍恩也是其中之一。她在第二本《鬼故事集》前言中说：“这里介绍给大家的是五十年代的鬼，现代的鬼。它们在公寓或别墅中生活得很好，会用空调机、摩托车、电话、飞机，懂得犯罪心理学。”鬼是从人的头脑中产生的，它必然根据人的变化而变化，根据社会的变化而变化。但是不管是古代鬼还是现代鬼，它们在小说中出现，不外乎有这样三种情况：写鬼为了写人，写鬼为了写事，写鬼为了传达情绪。

记得一九七九年春为一九七八年优秀小说评奖时，我曾在电视上说过一个笼统粗浅的看法：短篇小说约可分为三类。一以人物胜，一以情节胜，一以气氛胜。鬼的三种使命其实也就是这个意思。但何以要以鬼出之？我想最主要的是鬼故事中可以有丰富自由的想象，可容纳现实之所不能容，可以补充现实之所欠缺。

我国《聊斋志异》是以人物胜的。我以为全世界古往今来的鬼故事中，《聊斋》应为魁首。这里不遑细论。英国的哥特式鬼怪小说就是送给读者一个恐怖故事，让他们毛发皆竖，抵得洗一个热水澡。而鲍恩的鬼故事和她的人小说一样，是以气氛胜的。在冷森森的鬼气中，作者表现了她要表现的生活。

《鬼恋人》是鲍恩鬼故事中的代表作。在不到五千字的篇幅中，她用一个鬼，写了二十五年的时间，不可不谓经济笔墨。这鬼是第一次世界大战中成为鬼的。到第二次世界大战时又来找他当时的未婚妻。这里我们可以看到鬼的第一个作用：时间对他没有限制。他是那样执着，直到海枯石烂，鬼仍可不受影响。他认为“情况毫无变化”，要求未婚妻二十五年仍忠于自己的诺言，不管她已为人妻人母。和他成为明显对照的人——杜路沃太太，她因未婚夫在战争里失踪而对生活都失去了兴趣，后来有机会就结了婚，连故人的面孔也记不起了。鬼的第二个作用是不受地点限制，它是无处不在的。宅子关闭了，开锁都不大容易，可是信送进来了。杜太太在卧室里坐在靠墙的椅子上，关紧房门。可是她下楼时，他也从她身边过去了。二十五年来，她就是在这冥冥中无形的观察、监视下过日子的。这给她的精神压力，要比人所能给的大得多。

鲍恩在她的前言里又说：“现代鬼不再是血淋淋的——但仍然保持了传统的对人的伤害。现在的伤害有了更广泛的意义，那不但在肉体上，在精神上更使人痛苦。”那位“鬼恋人”就做到了这样的精神伤害。可以说，它代表着一种力量，这力量是由战争引起的巨大社会创伤产生的。这力量压迫着人的灵魂，使人的意识或作病态分裂，或充满幻觉。这里没有直接写战争怎样残酷，但使人感到战争所造成的压抑和恐怖，是很成功的。

结尾更是全篇点睛之处。杜太太想逃脱鬼恋人的掌握，寄希望于出租汽车司机。孰料等待她的司机就是等待她的鬼恋人。司机拉开隔着司机和乘客之间的玻璃板，那张脸她毕竟是认识的。最后，司机载着惊恐叫嚷的乘客，无情地驶向渺无人迹的荒郊。司机是鬼，是痛苦的毁灭的力量;乘客是人，是求生存求幸福的力量。车子掌握在鬼手中，而人只好随着命运的车轮向前疾驶，无法停下。

司机和乘客的关系，最早见于曼斯菲尔德的《幸福》。其中，一位初露头角的诗人说:“我刚才碰到个出租汽车司机，一路上可真要命。他穷凶极恶。我简直就没法让他停下来，我越是敲窗子，他开得越快。月光下只见那稀奇古怪的人，只顾埋着头伏在小小的方向盘上——我当自己坐在一辆开个没完没了的出租汽车里朝着‘永恒’的道路开下去呢。”鲍恩的司机和乘客，显然受到这段话的启发。

有些评论家认为，鲍恩摹仿曼斯菲尔德。也许我们确可以发现些痕迹，但鲍恩的最好作品（我们以作家的最好作品来看作家，正如以最优秀的作家来看文学史上的时代一样）完全是她自己的。即使《鬼恋人》中的司机乘客已见于他处，整个的故事以鬼出之，总算是她匠心独具。

她还有一些鬼故事，其中根本不出现鬼，只描写精神上一种压抑感。如《粉红色的五月》，讲话人说要讲一个鬼故事，讲了半天只是一种感觉，没有出现鬼。但这感觉使她离了婚，生活很不幸。鲍恩的同时代人爱尔兰小说及传记作家欧斐伦称她的才能为“联想的浓缩”，这浓缩又特别突出地表现在鬼故事里。本来以鬼入书就是为了让想象不受拘束。她运用这些鬼，自如而多变化，很是成功。

人

说了一阵写鬼，其实写鬼也是为了写人。鲍恩笔下的人物有一点新鲜处，即她写到独立自主的职业妇女。她们不问丈夫“我漂亮吗?”，不是被欺凌被侮辱的可怜虫，她们主宰自己的命运。这里选的她的早期作品《安·李帽店》（1924）是很有意思的一篇作品。

读过《安·李帽店》后，首先感到的是自食其力的劳动者的尊严。安·李帽店的“橱窗里总是只有两顶帽子：一顶放在帽架上；一顶放在垫子上”。她从来不做很多帽子，但每一顶都是艺术品。她热爱自己创作的艺术品。她看着帽子的神色：“从眼皮底下瞧着它，嘴唇极其轻微地变得温柔起来。”她冲过去从男人的大衣底下救出帽子，简直像母亲拯救孩子。作者形容她“是尼俄伯，是莱歇尔”。她全心全意地爱自己的劳动，也爱那劳动的结晶。我联想到高尔斯华绥的一个短篇《质量》，写两个用全身心缝制鞋子的鞋匠，因为要做得尽善尽美，交活很慢，顾客很少，终于饥饿致死。这可以反映手工生产抵不上大规模机器生产，总的趋势是要被淘汰，但那手艺人一丝不苟的创造精神，是值得歌颂的。

安·李的处境好得多，她是成功的。因为有稳固的经济基础，她不靠男人，而是那个大个子男子来求她。他对两个女顾客说：“等，我不在乎——我已经等了这么久。”“二位女士中的任何一位，一生中在这类店铺里试穿衣服的时间，都没有我在这一个店铺外面等候的时间长。”但是到小说结尾，他还是碰了钉子出来了。安·李的形象十分高洁。女顾客说她像一位夫人，这表现了鲍恩的偏见。我想每一个自食其力的劳动者都应有超过夫人的尊严，这是独立的妇女的尊严。

这里还有着个体劳动者的尊严。她按照自己的风格发展自己的店铺，并不仰人鼻息。顾客和她是平等的。也许有人会说，资本主义社会中会有这样惬意的生活吗？如果写一部“安·李全传”，肯定少不了严酷的斗争。这篇作品没有接触到那些，只描写了两个顾客买帽子的一个下午，就写出安·李坚强独立的性格。她的精神，她的自尊，是美好的。

鲍恩在小说集《安·李帽店》序言中说到这篇小说的结尾是面临人类的某种不可知性。她的一些小说对许多问题不能解答，于是有的用耸耸肩，有的用一声叹息来结尾。《安·李帽店》中那位理查森先生走进雾中也是类似的结尾。

也许我们把这篇东西理解得太浅了，但我想，能使读者感受到普通人的可贵品性，也就够了。

她的领域

鲍恩写了十部长篇小说，还写了四十年的短篇小说，她称为“鲍恩的领域”。这使人想起哈代的威塞克斯小说和福克纳的约克纳帕塔法世系。可以说每一个成功的作家都有自己的领域。鲍恩的领域不像几位名家那样宽广丰富，博大深宏，但是她的领域虽然范围较小却不封闭，内容虽有琐细之嫌却无可否认其深刻性。下面就来讨论她的领域的特色。

鲍恩出身于爱尔兰大地主家庭，承袭了一所大宅邸。她的生活圈子决定了她笔下的艺术领域——上层社会的生活。鲍恩不像曼斯菲尔德，最成功的是关于故乡新西兰的小说；她写爱尔兰和伦敦一样好，但都是鲍恩的。她的领域更多是精神上而不是地区上的。她在《常春藤集》序里说：“画家和艺术摄影家描画、摄取了这样的画面：古老建筑的摇摇欲坠，色调沉暗的人民群众运动，还有烛天火光的不合时宜的光辉。我不能这样画画和摄影——我是游离的，我倾向于一些特殊的聚光灯照亮的面孔和偶然捕获的姿势。它们不必属于伟大的受难者。无论平时或战时，只有我感受到的我才写。”这就说明她作品中的第一个特色，即有相当浓厚的主观色彩，在短篇中表现出抒情诗的情调。鲍恩又在评论自己的短篇时说："写短篇时完全不把自己放进去，在我是不可能的。短篇小说和诗有联系。一个故事没有抒情，就像一件公文。诗人或短篇小说家是用他自己独一无二的敏感来体验的——短篇小说需要更集中，更看得见，而不是让事件、解释、分析给牵扯住。"[①] 她又说："对我来说，短篇小说似乎是以其戏剧性的人格事先存在的，等着人们走近。我没有发明它们，我发现它们。"[②] 这种现成的"发现"其实是主观的自然的筛选。

她的领域的第二个特点是想象丰富。这一点在"鬼"一节里已经说到。鲍恩自己说："任何虚构故事的作者都必须有想象的能力，而鲍恩小说中有双倍的想象，它以一部分组成情节，又以一部分指挥人物的行为。"[③] 但是她的想象力完全渗透在作品中，除鬼故事外，一般小说读来甚至不觉得有很多浪漫色彩，给读者的印象是：这就是现实。

主观色彩浓厚却给人冷峻之感，想象力丰富却给人现实之感，这可以说是她特色的特色。何以如此？我想是因为她有第三个特点，贴切平衡。

有一点写作经验的人都知道，在写作过程中，要在各方面做到恰当贴切，不是很容易的。所用的技巧要适合所要表现的主题，主题要有适当的素材，这一切又要与时代、与读者恰当贴切，有所共鸣，而在写的时候又不能过多地有这些脱离形象思维的考虑。可以说是只能在沉浸于创造的世界中时，不忘记各方面的平衡。这种本事要求于文化修养。这一点显然系鲍恩所长。

另一个特色是鲍恩之短。我们把这一节开始的几句话倒过来说，即她的领域虽然深，终究嫌小。她的生活圈子有限，所表现的人生范

---

①②③ 鲍恩：《七个冬天和杂感·序》。

围也有限。许多激动人心富有意义的生活是在她的世界之外的。这样的缺点在她的长篇小说中尤其明显。她对一种类型的人很理解，对别样的人则不愿接触，也就不能收之于笔下，以致人物、主题多有重复，小说包容的世界没有丰富的发展。这似乎是多数女作家们的共同特点。也许这样的要求等于要求她变成另一个作家，而鲍恩之所以成为鲍恩就在于她的这些特点。然而，和视野更为广阔成就更大的作家们相比，她为读者展示的人生，透过的究竟是较小的窗——一扇在常春藤下的百叶窗。

结尾

如上所述，我们对伊丽莎白·鲍恩的作品有了一个大致印象。我想不论批评家给她冠以怎样的主义，尽管她有自己的缺点，事实上她存在过，而且有继续存在的价值。因为她不哗众取宠，不无病呻吟；因为她认真地描写她和读者一起分享的世界，不用陈词滥调；因为她交给了她的时代和文化一个艺术形象，于其中充分而清醒地表现了她所见的生活。

在文学的错综复杂绚丽多彩的殿堂里，每一个国家和每一个时代占领的那一部分，都有高大的主建筑和较为次要的建筑。这些较小的亭台楼阁在一定范围内也是主建筑，它们各以自己的特色配合在一起。有了各种形式才能免除单调，才能相得益彰，很不必只承认一种雕梁画栋，或另一种飞阁绣甍，而将别的夷为平地。可以想象英国二十世纪前五十年中，高尔斯华绥像一个绘有众生图像的巨窗，从其中可以看到整个资产阶级的变迁。乔伊斯像一个巨大的形状古怪的障有帘幕的窗，其中存着都柏林生活博物馆。弗·伍尔芙、曼斯菲尔德和鲍恩的窗无疑要小得多。属于鲍恩的是遮阳的百叶窗，还爬满了常春藤，人们不容易发现它，也不易打开它。可是只有打开每一扇窗户，我们才感到空气流通，精神振奋，我们才看到这座殿堂的完全面目。

附注：

本文关于《星期日下午》《炎炎日当午》的分析中一部分得之于与赵少伟同志的讨论。《炎炎日当午》书中引文也取赵译。不敢掠美，特志此。

1984 年 6 月至 8 月断续成之，1985 年 3 月重改
原载《世界文学》1985 年第 3 期，署名冯钟璞